井の国物語

戦国井伊家を支えた次郎法師直虎御一代記

谷 光洋

東京図書出版

『井の国物語』刊行にあたって

井伊谷・龍潭寺先住職　武藤全裕

今般、谷光洋氏が御著『井の国物語』を刊行されました。まずもってお祝い申し上げます。この作品は副題にあるように、戦国期の井伊氏を支えた祐圓尼（次郎法師直虎）の一代記です。谷光洋氏は早くより戦国期の遠江・井伊氏を研究され、中でもほとんど知られていなかった井伊直虎を掘り起こし、「井伊保物語」、「仏坂」の二編を平成初年頃に歴史読本誌に発表され、後、これらを一編にまとめられた御本が『井の国物語』とうけたまわっております。あらためて拝読致しました。三方ヶ原合戦の場面、折から別働隊として井伊領に侵攻した武田方の猛将・山県三郎兵衛昌景と、伊平・仏坂の十一面観世音をめぐって直虎が交渉に立ち、無事、観世音を護った話は、地元の伝説をもとに史実を裏付け、谷光洋氏ならではの筆致に感じ入り、楽しく読みました。

多才な谷光洋氏は版画家としてもその名を知られ、以前より直虎像を描いてこられました。直虎が幼い虎松（後の直政）を優しく見つめている氏の傑作（表紙の絵）が、目下浜松市内のあちこちで見られます。

谷光洋氏が光を当てられた祐圓尼直虎が平成二十九年度ＮＨＫ大河ドラマで『おんな城主直虎』として放映されます。この機会に谷光洋氏作『井の国物語』を一読頂き、大河ドラマ鑑賞を深めて下されば望外の喜びです。

井の国物語❖目次

第一章　次郎法師・直虎

幕末、大老井伊《いい》掃部頭《かもんのかみ》直弼《なおすけ》は、墓参をかねて井伊家発祥の地である遠江引佐郡《いなさごおり》井伊谷《いいのや》を訪れて、井伊家菩提寺萬松山龍潭寺の門前にある井伊家の名のゆかりともなっている古井戸をのぞき見て歌一首を残した。

わきいづる　磐井《いわい》の水の　底清《そこきよ》み
くもりなき世の　影《かげ》ぞ見えつる

この古井戸は井伊家では祖霊の井戸と呼ばれ、彦根三十五万石井伊家の初祖井伊共保は遠江井伊谷のこの井戸より誕生した……と伝説されている。そしてその井戸に因んでここは井の国とも呼ばれている。その大老井伊直弼の時代《とき》より三百年余り遡る。

天文の中頃、この遠江井の国の二十二代当主井伊信濃守直盛と内室新野《にいの》殿との間に愛くるしい女の子が授かった。そして申し伝えられている通り、祖霊の井戸より汲み上げた神水で産湯を使った。この井の国の物語の主人公、次郎法師・直虎、出家名祐圓尼の誕生である。

同じ頃、井の国の隣国、三河国岡崎城主松平広忠と大の方との間にたくましい男児が呱々の声を上げた。この物語のもう一人の主役でもある徳川家康である。

井の国は鬼門を三岳山に鎮護され、辰巳には三里四方の三方ヶ原大台地、その三方ヶ原の南端には曳馬城（浜松城）、西には五里、奥三河長篠城へと続く山並み、南一里は一山越えて青さが目に痛い浜名の湖、井の国は四囲を山々に囲まれた盆の窪にある。何事も無ければ心安らかな山里である。それを願う里人の想いは時に残酷に裏切られる。いつの頃からかこの里に戦《いくさ》の絶えたことがない。山道を行けばそこかしこに無名の兵達の供養塔が目に余る。真新しきもあり、幾年を経て苔むしたものもある。

南北両帝の争いから一旦世は治まってほと一息吐いたも束の間、再びの乱れは既に百年に亘り諸国に及んでいる。その乱世のただ中にあるとはいえ、直盛夫妻は生まれたばかりの我が子を抱いて、井伊家の氏神である井伊八幡社に詣で我が子の健勝を祈願した。娘を抱く直盛の顔には、今抱く子が男児であってくれたならという想いもよぎるが、だがそれは次に生まれる子に期待しようと直盛夫妻は初子の顔をあやしながら子を抱く喜びにひたっていた。

一、謀殺《ぼうさつ》

事件は天文十三年に起こった。

「開門！」

駿河、遠江太守今川義元の使者が厳しい顔つきで井伊城の門前に立ち大声で呼ばわった。あわただしく開けられた大門から使者はいざなわれた玄関口まで馬を進めると、顔色をゆるめずに口上を述べ書状を手渡した。その書状がけわしい文面であろうことは、今川家の下風に風当たりも強く置かれている井伊家にあっては、その使者の大きな態度から疑いもなく分かろうというものであった。緊張は一瞬のうちに井の国に走り渡った。井伊家当主信濃守直盛は主立つ家臣を集めて眉暗く事態への対応をはかった。

「此度駿府殿から、当家の直満殿、直義殿に今川家をないがしろにする行いがあり、その為の詮議を開くにより疾く駿府へ伺候せよとの書状を受け取った。如何計らうべきか皆の意見を聞きたい」

家督間もない直盛は剃り跡も青々しい月代を曇らせて、先代直宗以来の重臣達は皆自分より年上であることから彼等の顔を立て、まずは発言を促した。直盛の父直宗の二人の弟、直満と直義は、直盛にとっては叔父にあたり、

「お二人への今川殿からのきつい呼出状は、お家にとっての重大事」

直盛は額に縦皺を寄せた。

井伊家家老の小野和泉守政直が恰幅の良い肩幅を立て、その姿には辺りを払うような威厳が漂うが、他者から見ればそれはややもすれば傲慢とも受け取られそうな押し出しで、咳払いも貫禄のうちと一つ納めてから膝を進めて口を切った。

「当家と今川殿とのこれまでの関わり合いといい、ここでお二人を駿府へ向かわせるは危うき

仕儀となろうやも知れず、ここはしばらくの時を待ったが宜しかろうと存ずる。だが……」

井伊家の筆頭家老としての、事に当たっては慎重に構える貫禄で言い、言葉尻を濁らせながら、その後を列席の家臣達の発言にまかせた。

新野左馬之助親矩が、当主の義兄としての身分ながら、それをあからさまにひけらかすこともなく、元今川家臣という立場から、やや控えめながら心苦しさを抑えて言った。

「拙者としては迷いもござるが、ここはお二人が疾く出府致されて、弁明なさるが上策と存ずる。何故かとなれば、今川殿の御気性からして、遅きに失すれば尚のこと、この井伊家の安泰にも関わるものと思う故でござる」

直盛の義兄に当たる新野左馬之助は今川家の寄騎の一人であったが、妹が直盛内室として井伊家へ輿入れするにあたり付き添いとして、真実は井伊家を監視する役目として今川家より派遣されていた。だからその言い分は当然のことと一座には受け取られていた。

井伊分家の中野越後守直由が、親類としての自分の発言の重さを示しながら、それが分別をわきまえた上で常識を外れないように、また先走った言い分は口辺には乗せない慎重さで、新野左馬之助の視線を気にしながら、それでも反対を言った。

「当家に対するこれまでの今川殿の辛き扱いより判断すれば、お二人を駿府へ送るのは危険と思う。ここは時を稼いで今川殿の矛先が鈍ることを待つのが宜しいと存ずる」

同じ分家重鎮の奥山因幡守朝利も、闊達な社交性をもつ顔つきで一座を見回して、それが一座の顔色を読むことではないという威厳を見せて、やや半白の髪をなでつけつつ、いつもながらの大きな声で口を開いた。

「妹婿殿ではござるが、新野殿の前を憚らずに言わせて戴けば、ここはしばらくの時を置いたが宜しかろうと存ずるが、左馬之助殿はやはり駿府行きを……？」

新野左馬之助の顔を窺った。

それを聞くと新野左馬之助は苦笑を浮かべながら中野越後と義兄でもある奥山因幡へ向かって言った。

「御両所、それがしは元は今川の家臣ではござったが、今は全くの井伊家の者、そしてここに骨を埋める覚悟も致してござる。何卒お心安らかに致されるが宜しかろう」

左馬之助の言葉に一座がどっと沸いたが、小野和泉は顔色を弛めずに続け、

「まずは直満様、直義様のお考えからお伺い致そう」

そう言うと直満に向き直った。直盛の叔父とはいえ、未だ血気の歳にいる直満が膝を進めて言った。

「拙者は駿府へ伺候しようと思っている。何故かといって拙者には今川殿に対して何のやましき心も持ってはおらぬからだ。駿府において治部大輔殿へ、腹を明けて拙者の無心を申し述べれば、必ずや分かってくれるものと確信致す。直義は如何？」

直義も頷いて言った。

「拙者とても同断、駿府にて釈明致しとうござる」

直満は、普段から互いに相容れず、腹に滞りのあるやりとりしか出来ていなかった筆頭家老小野和泉守に対して、したりという顔つきで言った。

「直義もあのように言っていることから、拙者は駿府へ伺候することとする。ご一統も左様ご承知戴きたい」

小野和泉は二人の考えに反論はせず、

「お二方がそのように申されるのであれば、それがしと致しましてもあえてお止め立ては致しませぬ。信濃守様のご裁断を戴きとう存じます」

言いながら直盛に向き直った。直盛はおとな達の顔を立て、言った。

「各々に様々な意見があることは承知した。

ここは直満殿、直義殿お二人のお考え通り駿府へ向かわせたいと思う。お二方、ご苦労なことでは御座るが早々のご出立をお願い申したい」

直盛の締めくくりの後で、小野和泉の目がかすかに光ったのに気づいた者はおそらく一人も居なかったであろう。


師走、直満、直義兄弟と腹心の部下達一行十人ばかりは、井の国より駿府まで三十里を折からの寒風をついて馬を駆った。駿府へ着いた兄弟一行は、旅装も解かずに直ちに今川館へ伺候した。今川義元と面接して何やらの申し開きをする場を与えられることを期待していた一行は、案に相違して北向きの火桶もない薄寒い小部屋へ通された。長い時を待たされた一行の間に不満の声が上がろうとする頃であった。直満がはっと声を上げた。

「この部屋は不浄の間ではないのか」

その声に一同が顔を見合わせた。そういえば漂うかび臭さと、人の出入りがあまり無さそうな畳の油気の失せと埃は先ほどから一同は気にはなっていた。直義があたりを窺って太刀を引き寄せながら言った。

「兄者、間違いなさそうだぞ」

その言葉が終わらぬうちであった。襖が荒々しく開けられて直垂の袖をたくし上げた男達が現れた。男の一人が、

「今川家臣孕石《はらみいし》でござる！」

名乗りを上げると、

「井伊殿、お覚悟！」

一声叫ぶや、太刀抜き放って直満の胸に突き通した。同時に、太刀を構えようとした直義の左肩から袈裟懸けに斬り降ろした。孕石の腹心が直満の家臣達に一斉に襲いかかって、有無言わせることなく一瞬の内に処分は執行された。

一大事を知らせる小者の駆った早馬が井の国に着いた。井伊家家老小野和泉守はその知らせを聞くや直ちに家臣団を招集した。沈痛な面もちで和泉守は家臣達に事の次第を伝えた。

「聞かれた通りである。前後の策を図らねばならぬ」

家臣の中には涙ぐむ者、拳を振り上げ今川の横暴をなじる者、今川との手切れを訴える者、太守の為《な》すことには逆らえぬと諦める者、その反応は様々であった。人の集まりは決して一枚岩ではないことをこれまでの政事向きから知り抜いていた和泉守は、だから家臣達には言わせるだけ言わせて、彼等の風向きを計っていた。和泉守はその中に一人、家臣団の騒々しさを余所に、黙然として語らない家士を発見していた。

「信頼がおける……」

と確認すると和泉守はその今村藤七郎の顔からさりげなく眼を他へ移した。結論の無い評定が締めくくりもなく終わると、和泉守は藤七郎を小部屋へ招いた。辺りに人影が無いことを確認すると和泉守は、顰《ひそ》めた声で言った。

「今村に折り入っての頼みがある」

「何事にござりますか」

「その方の命を儂に預けてくれぬか」

今村は和泉守の決意に満ちた眼差しを受けると、自分が今、重大な仕事を任されているらしいことを知ってか、唇を震わせて言った。

「お預け致します」

「かたじけない。

直満殿が駿府でご生害されたということは、次には御子の亀之丞殿にも追っ手が来るは必定、直ちに余所へお移ししたい」

「気付きませぬでした。御家老のご心配通りならば、事を急がねばなりませぬ」

「お移しするに何処ぞ心当たりはあるか」

「隠れ里の渋川村辺りは如何でしょうか」

「危ない、離れているとはいえ、井伊領の中だ。他領へ逃したい」

「井伊家菩提寺龍泰寺（龍潭寺）の開祖様は信州市田郷松源寺の出と聞きます。信州は如何でしょうか」

「今村、行ってくれるか」

「お連れ致しましょう」

「ここに金子と身の回りのものが整えてある。夜を待って、亀之丞殿共々井伊領を抜け出し、追っ手を眩まし、闇に消えてくれ。当分は会えぬぞ」

「さらばでござります」

今村藤七郎は九歳になった亀之丞を伴い、幾たびか襲いかかる刺客追っ手の危機を切り抜けて山深き信州へ消えた。

少し時が遡る。
この年、連歌師宗牧《そうぼく》一行は東国への紀行を楽しんでいた。宗牧は長月《ながつき》に逢坂《おうさか》の関を越えて、
　帰るさの　名にこそあらめ　駒止めて

誰も進まぬ　はしり井の水

と詠み、秋風の頃には尾張織田館、雪見る頃には三河松平邸へ足を留めた。

織田も松平も互いに睨み合う中で、連歌師のみがその風流故に咎めも受けずに国々を渡り歩くのは冥加《みょうが》の至りであったが、国境を越えた隣国の噂話の収集を望む彼等の下心の見え見えを、時に追従《ついしょう》し時に韜晦《とうかい》させて意に介さぬことを要した。この侍人達の口ずさみといえば、幸若ならばまだしも、せいぜい今様程度であろうと内心は見下しを抱きながらも、世渡り国渡りの見事さこそ、歌作句作の上手を超えたこの道の極意と心得て、宗牧は何喰わぬ顔で旅を続けた。

師走十二日、山道を越えてこの井の国に着き、井伊家家老小野和泉守屋敷へ止宿し、当主井伊直盛を交えた連歌座を興行した。十四日、井の国を発って曳馬（浜松）へ向かう途中、都田《みやこだ》村で見送る直盛一行と別れを惜しみ、帰りにも是非立ち寄りをと懇願する直盛へ、

帰りこむ　秋を待たなむ　都田の

畦の細道　行き別るとも

の一首を贈った。三方ヶ原の大台地へ上ると、冬枯れた原野《はらの》の彼方に富士山を初見して一行は大喜びし、

昔見し　富士や雲居に　なしはてむ

君曳馬野の　しるべならずば

と詠った。三方ヶ原で曳馬城主飯尾《いのお》豊前守の家老江間弥四郎の迎えを受け、駿豆大変によっ

て城主豊前守、蒲原出張《でばり》により留守ながら弥四郎の馳走を受け、宗牧もとより好きな酒に大酔した。見附、掛川と遊び、小夜の峠越えには西行をもじって戯れ歌一首。

年たけて　また食うべしと　思いきや
わらび餅いも　命なりけり

少しふざけが過ぎたかと宗牧も苦笑いの内に宇津ノ谷峠を越え、師宗長ゆかりの寺では老涙を流した。程なく駿府へ着到、折良く在府の冷泉《れいぜい》大納言とも旧交を温め、駿河太守今川義元からは過分のもてなしを受けた。

この時宗牧が、井伊直満、直義兄弟の今川家からの呼び出しに何らかの役目を果たしたのではなかろうか、と疑い見られたのは、その時の前後の情勢から推して無理のないものであった。果たして宗牧の懐中に、井伊家の誰かからの直満、直義讒言の書状がしのび持たれていたものか、そうでなかったのか、だが宗牧の駿河着到と今川家からの呼出状の時期があまりにも一致し過ぎていた。

その讒言の内容は……、直満、直義兄弟が甲斐の武田と謀議を重ねたと噂する者もあり、三河の松平と意を通じたと言う者もあり、その真実は霧の中にあった。そしてその讒言をした者が誰であったのか、それも霧に包まれたままであった。

だが小野和泉守の讒言が井伊家の今度の不幸を招いたと噂する者が居た。連歌師宗牧が和泉守屋敷へ止宿したことが災いし、宗牧に讒言の書状を手渡すことが出来る者は、和泉守が最も近い位置にいたことが噂の根元になっていた。噂はなかなか終息しなかったが、それは和泉守のこれまで多少強引とも見える政事向きへの反発が、反対派の追い風となっているからであろうと、和泉守自身にも頷く処があったであろう。そしてその責は井伊家の家老として小野和泉守一人が背負っていかなければならなかった。

うない髪も可愛らしい井伊家の姫は今度の不幸の重さと意味をまだ知らない。だが突然目の前から、何の前触れもなく消え失せた亀之丞のことは、神隠しに遭ったと言い含められても、

「明日またね……」

と夕べの別れを告げた遊び仲間の、去った後の寂しさほどの思い残しもあろうことか。戯れ言に、

「私は亀之丞殿の嫁御になる」

と見栄を切って亀之丞の顔を赤らめたことも昨日のことであるのに。

「だけどあたしは待っています。亀之丞殿が、わーっとばかりにもう一度私の前に躍り出て、目隠ししながら待っていた私をびっくりさせて、きのうは置いてけぼりさせてごめんねと、頬赤らめながら言い訳してくれることを。その日が明後日になろうとも、私はここで目隠ししながら待っています」

そして十年の歳月が過ぎようとしていた。

二、出家

「さて……」

井伊家菩提寺龍泰寺（龍潭寺）住職南渓瑞聞は顎を撫でた。南渓は三十五歳、井伊家二十代直平の猶子であり、姫の大叔父に当たる。先住黙宗瑞淵が示寂した跡を継いだ。

南渓は、寺の前庭で遊ぶ姫の姿に、幼い頃には認められなかったある種の寂しさが、その成長に合わせるように漂い始めていることに気付いた。姫は毎日のように寺へ通い、遊び、手習いをして帰って行ったが、春の物憂い夕暮れの、人恋しさもつのろう頃は、物思いに沈む横顔に、はら落ちる桜の花びらさえも気付かぬふうに、その目を潤みがちに沈めて南渓の気がかりを誘っていた。一夕、南渓は姫のその目に話しかけた。

「この頃少し元気がありませぬな」

姫ははっと顔を上げて、自分の心中を南渓に見抜かれたばかりに狼狽を抑え、

「なんでもございませぬ」

一旦は言い訳をした。だが直ぐに顔をあらためると南渓に向き直った。

「御仏のお弟子になることは私にも出来ましょうか」

南渓はその意味を摑みかねていた。

「どういうことじゃ？」

「出家をするということでございます」

「これ、何を言い出すのじゃ、冗談を言って良いことと悪いことがある。儂は聞かなかったことにしておく」

姫のその言葉に南渓はたじろいだが次には驚愕へと変わっていった。だが南渓の目前には、既に意を決して後へは引かぬ一途な顔があり、その顔が南渓を咳き込ませた。

「ま、待て……、父上も母上もそれをご存じか？」

その言葉が終わるまでもなく、姫が口を開いた。

「父上にも母上にもまだ申し上げておりませぬ。反対されると思いますから」

「当然じゃ。このような事態を起こすとは、一体何事があったというのじゃ」

南渓がもう一度姫の顔を見つめた。そこには姫の苦悩を表す表情は既に消え失せて、出家の意志を告げおわって、清風が通った後の清々しさが漂っていた。それは姫が世を捨てた故の出家ではなく、ましてや一時の失意や感傷ではなく、姫が本来的に内に包み持っている菩提心の発露であるやも知れぬことを、南渓も認めざるを得なかった。姫が本来持っている菩提心について は、南渓にも多くの心当たりがあった。姫が幼かった頃、

「阿弥陀様とお釈迦様とどっちが偉いのですか」

と問い掛けられて、南渓はその返答に手こずったことがあった。以来、次々と飛び出す姫の幼い、しかし真剣な問いかけに、南渓は折角の安息の時を潰される想いをして来た。ついこの間も、南渓の読経で聞き知った「色即是空」を南渓に訊ねたことがあった。それはこの世のことはすべて空なのかという問いかけであった。そして「空即是色」は、その空なるものこそ現

世ということなのですね、という姫の結語の後で、「空」と「無」は同じですかと問い返されて、南渓が返答に窮したことがあった。その時は、

「どえらい質問が来たものよ、儂には分からん」

南渓は逃げを打った。逃げたつもりはなかったが、それは姫がおいおいと心の成長を遂げる過程で、自ずと理解を高めてくるものと、姫自身に任せるつもりでそう言った。すると姫が切り返して来た。

「おじさま、悟りとは、みほとけに近づくことですね」

南渓もすかさず切り返した。

「違うな」

「違いますか？」

「人間は生きている限り、みほとけになることはおろか、近づくことさえ出来ぬ」

「では悟りとは？」

「人間らしくなることじゃ」

咄嗟のこととはいえ、我ながら良い答えが浮かび上がったものよと、その時は南渓は満足したが、腋の下には汗が滲んでいた。南渓は姫が生まれながらに備えている菩提心を確認した上で、

「お城へ行って、父上と母上にご相談をしよう」

と促した。姫はすでに事成れりとばかりに先立って城へ向かった。

寺より城への数丁の道のりは困惑を抱えた南渓には長いものであった。桜並木も気づかずに、しかし気がつけば城門の前に佇んでいた。

「という次第じゃ信濃守、儂には判断が付きかねること故相談に参った」

南渓は困惑顔で直盛に言った。

「姫が出家致したいと？……」

直盛はそこまで言うと、頭中が空白になったばかりに絶句した。内室は錯乱の様態を示した。

南渓は無理もない顔つきで二人の出方を待った。

「何故姫は突然にそのようなことを言い出したのでありますのか」

しばらくの沈黙のあとようやく直盛が口を開いた。南渓は姫がこれまでに見せた菩提心の発露を言った。直盛が聞き返した。

「姫にはそれほどの仏心がござりますのか」

「今にして想えば、姫には幼い頃から仏道への憧れがござったように見受けられる。いや、それは儂にも責任がござる。なにしろ姫の遊び場といえば当山の庭であり、手習いといえば佛語佛蹟でござったからの。だからといって、まさか出家の志を固めていたとは、さすがの儂も気づきもしなかったことじゃ」

南渓は声を落として首を垂れた。

直盛夫妻にはまだ姫一人しか子宝に恵まれていなかった。だがまだ若い直盛夫妻は、だから世継ぎの男児が授かることを諦めていたわけではなかった。いずれ世継ぎに恵まれるなれば、おなごの姫一人を佛弟子とすることは考えられぬことでもなかった。自分の身内の中から一人の佛弟子を選ぶことは、殺戮に明け暮れる戦国武将としては、己の贖罪にもなろうことから進んで行われることであった。いまここで姫を佛弟子として差し出すことは、本人の意志もあることとなれば、あるいは一族の平安と供養にもなることであった。

直盛は姫の顔に眼を遣った。その顔は、これを誇りとせざれば何をもって我が子を誇ろうぞとばかりの清々しさを漂わせていた。妻はと見れば、先ほどの突然の出家話の時に見せた錯乱の様態はすっかりと治めて、姫の道心堅固を南渓の言葉から伺い知ってか、直盛が娘の顔に見取ったと同じ誇らしささえ浮かべていた。その瞬間直盛は意志を固めた。

「和尚、姫を佛弟子として差し出しましょう」

今度は南渓が驚いた顔を上げた。

「まことに宜しいのか」

直盛は静かに頷いた。そして言葉を続けた。

「我が家にこれから男児が恵まれるも恵まれぬも、それは神仏のご采配次第。先のことをくよくよと思い悩むこともございますまい。

姫にはいずれ養子でも迎える心づもりでござったが、それは諦めることと致しましょう。姫の道心堅固を知り、親として心嬉しき想いもござれば、ここは姫の菩提心に任せようと存じます」

南渓はこの年若い出家を預かる責任の重さに身を引き締めた。直盛夫妻の涙の中に、姫は南渓の剃刀を受けて得度し、あらためて、「月泉」という道号、「祐圓」という諱名を戴いた。人恋い初める乙女の春の盛りのことであった。

姫を佛弟子として預かったあと、南渓には思う処があった。

「そうであったのか……」

今にして思い当たることがあった。

「亀之丞のことがあったのじゃな……」

祐圓尼の出家のきっかけの一つには、信州へ逃げた亀之丞への想いがあったのではなかろうかと思い至った。祐圓尼はものごころ付くや付かぬの頃から亀之丞の嫁御になると言っていたものが、そしてそれは両親もそのつもりであり、家中のおとな達もそれを楽しみにさえしていたことであったが、その夢がうち砕かれたことに、祐圓尼の胸の中に傷を残しているらしいことを南渓は知っていた。祐圓尼にとって突然消えた亀之丞のことは、霞んだ記憶の塊の中に、木漏れ日のような鮮やかさで焼き付けられていたであろう。だが、その亀之丞が神隠しの呪縛から解き放たれて、再び祐圓尼の前に現れてくれるであろうことは、最早叶わぬことであるやもしれぬとの想いが、あの春の夕暮れの物憂い表情となっていたのではなかろうか。そしてそれを断ち切ることが出家という決断ではなかったのか。今川家が全盛のこの時、その今川に追われて落去した亀之丞が、よもや井の国へ帰ることは最早あるまいとの思いが祐圓尼の出家の一因であろうとは、南渓が至った結論であったが……。

「亀之丞殿のことじゃが……」

南渓はさりげない顔で祐圓尼へ話しかけた。亀之丞という言葉の響きに、祐圓尼の顔に電光が走ったのを南渓は認めた。しまった、言うべきではなかったと南渓は後悔に襲われて、やはり祐圓尼の胸中には亀之丞が生き続けていることをはっきりと知った。

「元気であれば宜しいが……」

南渓は当たらず触らずの言でその場をつくろった。

三、帰還

今、井伊家家老・小野和泉守は病床にあった。食への欲も失せてすでに自分の寿が尽きんとしていることを悟っていた。想いを巡らせば、己は井伊家一筋に忠義を貫いて来たつもりであった。そのためには少しばかりの勇み足も許されるものと、己に言い聞かせ納得させて政事を舵取って来た。だが、他人から岡目すれば、いささかの剛足を後ろ指差されたこともあり、今はそれは申し訳もなかったことと詫びる想いが群起つが、時にあっては退くこと叶わぬ決断でもあった。政事とはその日その日の迷いと選択と決断の連続であって、よくぞ命の長らえも叶ったものと、吐息まじりに和泉は目を閉じた。

想えば天文十三年のお家を揺るがす出来事は、和泉にとっても乾坤一擲の大勝負であった。

一日、主人井伊信濃守直盛を枕辺に招いて和泉は言い遺す言葉を伝えた。その言葉は雲のようにわき上がっていたが、全てを切り捨てて一つだけを胸切り開く想いで口に乗せた。

「拙者の余日も残り少なくなりました。信濃守様に言い遺す条々多々ござりますれど、最早気力も失せ候らえば、一言のみ申し残します。まずもって井伊家の末長き御安泰をひとえにお祈り申し上げます」

息途切れ途切れの申し状に、直盛が床上の和泉守の顔を見やった。既に顔相はこの世のものではなかった。乱世にあって、かつて井伊家の政事にあれほどの辣腕を奮った老人を、直盛はある痛ましさをもって見つめた。井伊家の中では権勢を持っていただけに、その老残の容《すがた》は一際の哀れを誘った。直盛が頷き和泉守の手を取って自分の手をその上に重ねた。和泉守が微かに安堵の微笑みを口辺に浮かべ、次を語った。

「心掛かりは信州へ落去されました亀之丞様のことにござります。亀之丞様も既に二十歳を超えられてご立派に成人なされたことと存じ上げます。世間の噂では、拙者の讒言によってあの不幸に襲われたと言う向きもあるやに聞き及びます。さりながら……」

和泉守はそこまで言うと後の言葉に詰まった。今、真実を明かすべきか、そのまま黄泉へ旅立つべきか、迷いが蘇ったかに見えた。その様子を見て直盛が言った。

「そのことなれば言わずとも分かっている。和泉の誠心は拙者見知っている。心静かにされよ」

主人の信頼の言葉を得て和泉守が大きく息を吐いて安堵の表情を見せ、それでもまなじりをあらためると意を決したように言った。

「天文十三年のお家の大事は拙者が仕組んだことにござります」

「何？」

直盛がさっと顔を上げた。和泉が続けた。

「直満殿、直義殿に今川家への謀反ありと義元殿に直訴致しましたは……、拙者にござります……」

その言葉が終わるや直盛の顔に驚愕が浮かんだ。そしてやはりあの噂は真実であったことかと顔色を失いかけた時、和泉が苦しい息を継いで言った。

「この井伊家とても下克上の世にあっては一枚岩という訳には参りませぬ。先代直宗様が三州田原合戦において討ち死になされてより、嫡子直盛様が家督を継がれましたが、若年故にその采配に危惧を持つ者もあり、直宗様弟の直満様、直義様を担いで、直盛様を廃して家督を私しようとする動きが察知されました」

直盛は顔をさらにゆがめて言った。

「そのようなことがあったとは、全く知らなかった」

和泉は眼に涙を乗せながら続けた。

「信濃守様には家中の事に心煩わされることなく乱世を乗り切って戴くために、あえて申し上げませぬでした。ましてや信濃守様にとっては叔父にあたられる方々を遠ざけるには、すべてを拙者一人の責務として事を為さねばならぬと決断致しました」

直盛の顔にようやく納得の表情が浮かんだ。

「それで……」

先を急かせた。和泉が継いだ。

「拙者直ちにその芽を封ずるために直満様、直義様の排斥を、今川家への謀反とこと寄せて義元殿に告発致しました。その告発状はあの連歌師宗牧に託しました。幸いにも拙者のはかりごとは図に当たり、お二人様ともども不穏な者共を消し去ることが出来ました。お陰を持ってその後の井伊家は内訌もなく、まずは無事な日々を送っております。

とは申せ、信州へ落去させました直満様嫡男亀之丞様には何の落ち度も瑕疵《かし》もござりませぬ。実を申せば亀之丞様を落去させましたことは、幼き者の命までを奪うことは忍びなく、せめて遠地で安らかに過ごさせようとの拙者のはかりごとにござりました。

拙者が黄泉《よみ》へ到着致しましたならば、亀之丞様を信州より呼び戻されることはお屋形様の御勝手次第、今川殿も既に亀之丞様への怒りは薄らいだことと思われます。

これはそれがしの慚愧一念の事に御座りますれば、黄泉への旅立ちにあたり、せめてお屋形様お一人に事を伝え置きたくこの日を待っておりました」

「そのような事があったとは、迂闊にも知らなかった。我が家の内訌を未然に防いでくれたこと、今にして礼を申す。和泉の申す通り、時至れば亀之丞を信州より呼び戻すことと致そう。だが和泉、まだまだ命諦めてはならぬぞ。その方にはこれからも井伊家の采配を採って貰わねばならぬ」

それが気休めであることは直盛にも、和泉守にも承知であったろう。力を絞るように和泉守が言った。

「我が嫡子玄蕃守をそれがしの代わりに信濃守様のお側に進上申し上げます。何卒、犬馬の使いを申しつけられませ。それがし以上のお役に立つ男と見込んでおります」

「玄蕃はすでに拙者には無くてはならぬ男だ。これからも井伊家のために存分に働いて貰う所存である」

お家へ言い残すなにがしを語った後、間もなく和泉守は世を去った。その跡を嫡男玄蕃守が襲った。

和泉守の死去を機に亀之丞を信州より帰還させる機運が高まった。井伊家の一族である奥山因幡守の家臣達が信州へ亀之丞を迎えに行った。あれほど遠いと思っていた信州が、思い立てば何ほどの隔てもないことに、井伊家の家中の者達も、ましてや祐圓尼も今更の想いであった。亀之丞はすでに二十歳を過ぎ、立派な若武者となっている筈である。

祐圓尼にとっては、自分が幼い頃に神隠しにあって行方不明となった亀之丞のことは忘れ得ぬことであり、人であった。その前後の記憶は消え去っていても、亀之丞と遊んだこと、そして嫁御になってあげると言ったことは鮮明に脳裏に刻まれていた。そしてそのことは亀之丞もよもや忘れることはあるまいと一人合点を決めたこともあった。だが自分が出家の身となった今は、すべては過ぎ去ったことと、覚悟はすでに出来ていた。

だが、あらためて亀之丞の帰国を目の当たりにすると、祐圓尼の心は揺れ動かざるを得なかった。もし亀之丞の帰国が予測されたものであったなれば、自分は、道心堅固とはいえ果たして出家の道を選んだであろうか。亀之丞は神隠しにあって、再びは祐圓尼の前には現れないであろうという前提があったればこそ、自分は佛弟子となったのではなかったのか。亀之丞が遙かな信州にいることは分かってはいたが、帰国出来ようなどとは家中の者達も、南渓和尚も、ましてや祐圓尼自身もまったく予想も叶わぬものであった。それが分かってさえいたなれば、という言葉は、祐圓尼の言ってはならない言葉であった。祐圓尼は、一切を捨て去るという仏道の初関門を、早くも十五歳の春に味わわねばならなかった。乱世を生きる、生きねばならぬ祐圓尼の顔がこの時を契機に引き締まった。

「信州よりご帰国の亀之丞様が奥山城を発って間もなく井伊城へご到着なされます」

その前触れが着いた時、祐圓尼はそれを他人事のように聞き流した。そして聞き流したつもりではあったが心中には大波が揺れているのを如何ともし難かった。井伊城、奥山城の間一里を進む一行の行列が遅かろうとも早かろうとも、自分とは最早関わりが無いことを、我慢の心で自分に言い聞かせなければならなかった。

開け放たれた井伊城の城門に一行が現れた。大勢の出迎えの人波の中で、祐圓尼は目立たぬように人陰に隠れて一行を迎えた。先頭の馬上には白頭ながら肩聳やかすのが奥山因幡守、続く馬上のあの頬たくましい青年が……あれが亀之丞であろうか。紅顔の姿しか記憶になかったのに、それが亀之丞であることは、その顔を見た瞬間に、十余年の歳月を吹き飛ばすように祐圓尼に蘇った。萌葱ぼかしの直垂姿には井桁の紋所を染め抜き、漆に光る武者烏帽子に腰に吊るすは反り打たせた三尺の太刀、栗毛駒には朱色の手綱をくわえ、大和絵から抜け出たばかりの凛々しい若武者となっていた。

その馬上の亀之丞が法体の祐圓尼の目の前を過ぎようとした。その時、何か引き合うものがあったのであろうか、亀之丞の眼が祐圓尼に注がれた。一瞬、背中を立てた亀之丞が、

「姫か？」

と声を掛けた。祐圓尼は上目遣いに無言で頷いた。姫が法体となっていることはおそらく亀之丞もこれまでに聞き知っていたのであろう。亀之丞にとっても姫との幼い日々の明け暮れは、心の中の大きな場所を占めていた筈である。その姫の、まぎれもない墨染め姿を目の当たりにして、亀之丞の顔に一瞬の後悔とも慚愧ともつかぬ表情が浮かんだ。このまま過ぎ行くべきか、留まるべきかの迷いの手綱を亀之丞は止めた。亀之丞は下馬し、正視も叶わぬ祐圓尼の前に歩を進めて、口ごもりの言葉で言った。

「長い間留守を致しご迷惑をお掛け申した。姫もご壮健で何よりと存ずる。いずれゆるりとお話を致すこともござろう」

なんとお座なりな言葉でしかなかったが、それは亀之丞が言うことが出来る精一杯の事であったろう。

だが、その言葉を聞いた途端、祐圓尼の中にくすぶっていた亀之丞への恨みごとは淡雪のように溶けて行った。そして、亀之丞のためにも、また自分のためにも、これで良かったのかも知れないという想いが、諦めとは異なった、ものごとの自然の成り行きという容で祐圓尼の中

に納まりつつあった。

「亀之丞様、ご帰還おめでとうござります」

その言葉が、思ってもみない素直さで口に出た。

帰還した亀之丞は、井伊城より一里隔てた祝田《ほうだ》村に屋敷を与えられ、奥山因幡守の息女を娶って井伊肥後守直親と名乗った。祐圓尼の想いを知り抜いている南渓和尚の計らいで、日頃二人が顔を合わせることのないようにと、一山隔てた距離を置いた。

井伊の里

第二章　忩《そう》劇《げき》

一、桶狭間

永禄三年の五月は梅雨時にもかかわらず晴れ間が多かった。この年初め、駿府城の今川義元の処へ甲斐の武田家から見事な山鳥が贈られた。その鳥は赤色を思わせる鮮やかな色合いであった。それを眺めた義元は、これは赤鳥であると周りの者達に言い聞かせた。今川家にとって赤鳥は縁起の良い事の前触れと信じられていたことから迷うことなく義元はそれを瑞兆と読んだ。もし軍師雪齋太原崇孚がまだ存命であったならば、果たしてそのように読んだかどうかは疑わしい。その山鳥の贈り主の真意を慎重に測り、今川家へのそそのかしが隠されてはいなかったのか確かめたに違いない。そしておそらくは凶と読んでいたに違いない。

義元は自分が青春時代を送った京の都への憧れを、四十二歳になった今も持ち続けていた。むしろその思いは年を追う毎に強まってさえいた。京へ上りたい。そして都の公家衆と和歌管弦に明け暮れる日々を過ごしたい。それ以上に戦国守護大名として、丸に二引きの今川の旗印を都大路に押し立てたい。想いははち切れんばかりに胸を膨らませていた。

義元は遠江の国人領主、寄親、寄騎達に高鳴る胸を抑えて乾坤一擲の軍令を通達した。それには西征の為の出陣に急ぎ馳せ参じよとしたためてあった。西征とは我ながら良い言葉が浮かび上がったものよと義元は満足であったが、それがどのような意味合いなのか、兵達には尾張の織田への備えと触れてはあるが、その本心には当然のことながら京の都へ上ることの大望が秘められていた。

軍令は数日を待たずに各地の国人領主達に徹底されたが、殆どの領主、土豪達はその軍令書を受け取ると首をかしげ、互いに連絡をしあい、今度の出陣の目的を推量し囁きあった。ある城主は織田への備えであろうと言い、ある土豪は都へ攻め上るのではなかろうかと噂し、またある寄親はいよいよ天下統一を目指されるのではと言った。だがどの武将達にも戦乱の疲れと財政の逼迫《ひっぱく》は重くのし掛かっており、表立つ訳にはいかないながら、迷惑顔を隠し切れなかった。それでも遠州の土豪達は重い腰をあげ、伝来の鎧兜のほつれを修繕し、太刀、槍、長巻の刃こぼれを砥石に掛け、思い切り派手やかに旗指物をなびかせて、天竜川で義元の軍勢を出迎えた。義元は絶えず上機嫌で、迎えた土豪達には大きな身振りでその着到を褒め、杯を与え、脇差しを下賜した。

井伊信濃守直盛のもとにも義元からの軍令は通達された。直ちに評定が開かれた。小野玄蕃守は父親の和泉守より家督を受け継ぎ、今は重職となって評定を取り仕切った。

「駿府からの出陣の軍令が着到したが、さて如何致したものか、諸将に諮り取り決めを致したい。まずもって中野殿、奥山殿、新野殿から口切りをお願い致したい」

井伊家親類の中野越後守が持ち前の生真面目さで、それでも不満を隠さずに応じた。

「出陣にはやぶさかではないが、何の為の御出陣なのか今ひとつ分明でない。奥山殿は如何お考えかお伺い致したい」

奥山因幡守はすでに白頭となってはいたが、往年の快活さは未だ衰えも見せぬ話しぶりで満座を見渡しながら言った。

「されば、今川殿は京を目指されているのではなかろうかと推測される」

広間の評定衆の間から声が上がった。

「いや、それは買いかぶり過ぎではござるまいか。今川殿には未だその器量は備わってはおられぬのではなかろうか」

それを聞くと因幡守は両手で座を鎮めながら、訳知り顔に言った。

「乱世でござる。誰であろうとその志さえあれば都を夢見て悪かろう筈はござらぬ。越後の上杉殿はすでに都の土を踏まれて、聖上にも拝謁の栄を賜ったとか。今川殿の心中にもその思いが宿られているとしても不思議ではござらぬではないか」

小野玄蕃がうなずきながら言った。

「なるほど、さりながら途中には尾張の織田殿が道を遮っておられる。今川殿はそれをどのように計っておられようか」

因幡守は娘婿の玄蕃に気を遣いながら言った。

「織田殿はたかが守護代。駿河、遠江、三河の軍勢三万をもってすれば、尾張など鎧袖一触で踏みつぶすことが出来ようと今川殿はふんでおられよう。もし都まで行き着くことが叶わずとも、琵琶湖を眺めたいとでも思っておられるのかも知れぬ。なにしろ風流な大将のことでござるからの」

「瀬田の夕照に堅田の落雁見物でござるか」

玄蕃の鷹揚な応対に評定衆がわっと沸いた。だが当主直盛の顔色は冴えなかった。直盛もこの年の初めに今川家へ献上された赤鳥の事は聞き知っていた。それを瑞兆として何事かが始まるのではなかろうかと予期はしていたが、それが今度の出陣のことに当てはまるのではあるまいかと考え、ふと不吉な予感を抱いていた。井伊家にあって赤鳥は喜ぶべき鳥ではなかった。しかしそれをここで言えば、兵達の戦意にも影響を与えることは必定であろうから、言ってはならぬことと直盛は顔色を引き締めていた。

「誰を引具しようか」

直盛が一座の笑いを収めるように言った。

玄蕃がそれを受けて一番の名乗りを上げた。

「若い者共を従わせましょう。まずは拙者がお供つかまつります」

それを皮切りに血気な若者達が一斉に立ち上がった。

「気賀庄右衛門、お供つかまつります」

「奥山六郎二郎も同道つかまつります」

「御厨又兵衛……」

「上野惣右衛門……」

「多久郷右衛門……」

「牧野市右衛門……」

「袴田甚八郎……」

直盛は一座の顔ぶれを見渡して満足そうに納得したが、しかし心の片隅には妖鳥のことがよぎっていた。

直盛は井の国を出発するにあたり一族郎党と共に井伊八幡宮に戦勝祈願を捧げ、祖霊の井戸より汲み上げた神水で杯を交わし、それを割った。五月十日、直盛は二百の軍勢を引き連れて郷関を出た。内室新野殿も祐圓尼も城門でその出発を見送った。

出陣の兵達は、残る家族に手柄の土産を約束し、女達は手柄などは心にもあらず、ただ生きて帰れよと手を合わせた。国境を越えて戦野へ向かった兵達が、帰陣の時にはいつもその数を減らして帰り、女達はそれを涙で迎えねばならぬことを、留守を守る女達は知り抜いていたから。

直盛は義元の指図により松平元康（徳川家康）らと共に先遣隊として尾張へ向かった。松平元康は大高城へ、直盛は桶狭間近くで今川本隊を待った。桶狭間へ到着した義元は、丸根、鷲津の両砦が、松平元康と朝比奈泰能によって攻め取った朗報に上機嫌で、大仰な身振りで直盛の出迎えを誉め、

「おうおう信濃守、よくぞ出迎えてくれた。大儀大儀、その方の忠勤、心に留め置くぞ」

満面の笑顔で直盛を抱きかかえ、自分の陣羽織を脱いで直盛の肩に掛けた。

桶狭間では義元の周辺には主立った旗本や遠州から馳せ参じた国人達が周りを固めた。義元は田楽狭間で小休止をとった。そしてその時突然の雨に襲われた。その雨の中には織田信長の二千の選りすぐりが紛れ込み、義元の陣の上にどっとばかりに降りかかった。二千の軍兵は疾風となって義元の本陣を襲い駆け抜けた。織田旗本毛利新助の槍先には義元の首が突き刺されていた。織田軍の走り去った後には累々とした死骸が重なり合っていた。

井伊城へ早馬が辿り着き、そのまま動かなくなった。十四歳の中井七郎三郎がようやくに口を開いた。

「我が軍敗れたり……」

更に衝撃の言葉を放った。

「信濃守様、御戦死……」

そして次々に敗旗を巻いた兵達が井の国まで辿り着いた。郷関を出たときの兵の出で立ちの華やかさは見る影もなく、兜は無惨に破れ、草摺は襤褸と千切れ、直垂は血と泥にまみれて、駆け寄る里人の息を止めた。井の国は一転して悲嘆のるつぼとなった。

一報を聞くと祐圓尼は母の処へ駆け寄った。

「お母様……」

母の胸に飛び込もうとした。だが母は厳しい顔でそれを拒絶した。その瞬間、祐圓尼ははっと我に返った。大勢の家臣達の前で「私の悲しみ」にひたくれることをよしとしなかった母の心中を祐圓尼は一瞬のうちに理解した。無惨な死を遂げたのは父親の直盛だけではなかった。

多くの家臣達が命を失っていた。十九歳にもなった祐圓尼は井伊家の当主の娘としての自覚を失いかけたことを恥じ入る想いで母の前を離れた。母は気丈に立ち振る舞い、甲斐甲斐しく家臣達にあれこれの指図を繰り返していた。

祐圓尼は仏間に座った。今こそ私がしっかりしなくては、と唇を引き締めた。だが膝のわななきを人に見られまいと、墨染めの衣の裾を引き寄せ袖を重ね合わせて身の震えを覆い隠した。仏前の鈴《りん》を打ってみた。その音が動悸の響きを打ち消してくれようかと耳をかざせば、かえって頭中に高鳴るばかりであった。お香を焚いた。兵達が背負い帰った血の臭いを白檀沈香で紛らそうとすれば、鼻を刺すばかりであった。

これからはもう、お父様、と気安く呼びかけることも叶わぬ悲しさを、今日からは現実のこととして耐えて行かねばならない。母はと見れば、その悲しみを押し耐えて気丈に立ち振る舞ってはいるが、心中の慟哭は傍目にさえもよく分かる。

仏間から突然の空白のように人が居なくなった一瞬、母と祐圓尼が二人残されると、さすがに母はあふれる想いを堪えきれず、祐圓尼と抱き合って思いの限り泣いた。その涙を拭きあためると母は、祐圓尼に剃刀を取らせ、その黒さを誇る髪を切り下ろさせた。母は南渓和尚のもとで落飾し祐椿尼となった。

井伊信濃守直盛の名は南渓の書により、

「龍潭寺殿天運道鑑大禅定門」

と墨書され、寺号も龍泰寺から龍潭寺と改められた。この合戦で井の国では直盛をはじめ、小野玄蕃など多くの重臣を失った。南渓和尚は一度にこれほど沢山の葬儀を務めねばならぬことに溜め息を吐いた。

井伊城より一里ほどの祝田村に屋敷を与えられていた亀之丞は、直盛の跡を継いで、井伊家二十三代井伊肥後守直親となり、井の国の当主となった。そしてその家老には小野和泉守次男で、戦死した玄蕃の弟小野但馬守源兵衛道好が就任し、直親の補佐をする体制が出来上がった。問題は直親と但馬との意思の疎通であった。直親には、自分が信州へ逃げなければならなかった裏には、但馬の父親の和泉守の讒言があったという噂は、それが虚であれ実であれ、耳には入っていた。そのため、二人の間には解くことが出来ないしこりのようなものが居座っていた。但馬は、兄の玄蕃よりは、父親和泉守の資質をより多く受け継いでいた。それが家臣団の中に違和感を招き寄せる要因ともなっていた。

そして今川義元の戦死により遠州は錯乱、忩劇《そうげき》と呼ばれる時代へ突入した。

二、再び謀殺

桶狭間合戦の一年後、直盛亡きあと井伊家当主となった肥後守直親に男子が授かった。虎のように強く、常磐の松のように栄えあれと、虎松と名付けられた。後の徳川四天王の一人井伊直政である。直親には、内室を通した義理の兄弟に西郷伊予守、鈴木三郎太夫などがある。共に井の国とは境を接した東三河の土豪達である。このことから直親が、桶狭間合戦以後、今川家より独立した松平元康（徳川家康）と、義理の兄弟を通じて何らかの接触を持っているらしいという噂が囁かれた。

「危ないな……」

井伊家家老となった小野但馬は、野駆けと称して三遠国境へ馬を走らせる直親の行動を危惧の眼で見送りながらつぶやいた。この頃は毎日のように鳳来寺街道を西へ駆け、山の吉田の向こうまで抜け、時には陣座峠を越えて三州黄楊野までも足を延ばしていると聞いていた。今は井伊家は今川家の下風に置かれていることをわきまえねば、二十年前の悲劇がぶり返されることさえも、

「なきにしもあらず」

但馬は眉をひそめた。折を見ては但馬は直親に忠言した。

「肥後守様、野駆けは慎まれますように。

今川殿の目が何処に光っておるやも知れず、軽々しき遠出はあらぬ疑いを招きます。何卒しばらくのご自重をお願い申し上げます。肥後守様のみならず、この井伊家の安泰のためにもお慎み下さい」

諫言は耳に痛いことは直親にも分かっていたろうが、それに対する直親の答えもいつも決まっていた。

「分かっている」

だがその野駆けは一向に収まる気配もなく、直親は野兎の手みやげで自らの行動を誤魔化していた。

この頃、今川義元亡き後の遠州地方の土豪達には、徳川と武田からの誘いの手が伸びていた。今川氏真の器量の不足から、この頃から始まった遠州忩劇は深刻さを加速していた。

まず北遠の天野宮内右衛門《くないえもん》景貫へ武田と徳川の謀略の手が伸びていた。宮内右衛門は苦渋の選択を強いられていた。心情的には徳川へ与力したくとも、峠一つ越えれば武田支配の信濃という地理が宮内右衛門の額の縦皺を深くしていた。それまで今川支配の東三河が徳川に平定されつつあることから、三河と境を接する遠州曳馬（浜松）の飯尾豊前も徳川になびいていた。

そのような情勢の中では直親の行動は今川方の眼を引き留めぬ筈はなかった。遠州錯乱の中で、土豪達の離反に疑心暗鬼に陥っていた今川家では様々な細作を放ってそれらの国人達を探索していたが、直親の野駆けを密かに見届ける山がつが二人三人、互いに目配せを交わしながら立ち去る姿を井伊家の誰も気づくことはなかった。

永禄五年師走、遂に今川家より直親に対して召喚状が突きつけられた。

「しまった、とうとう見咎められたか……」

小野但馬の顔が引きつり、蒼白となった。但馬は二十年前の忌まわしい事件のことを蘇らせていた。直親の父直満が今度と同じように駿府へ召喚されて、申し開きもならずに生害されたことは、今も鮮やかな記憶として但馬の胸中に焼き付いていた。それは但馬のみならず家中の誰もの脳裏に焼き付いていることだ。今、直満の子である直親が再び父と同じ運命を辿らぬ保証はない。小野但馬は家老としての責任から主立つ家臣を集めて評定をひらいた。まず但馬が口を切った。

「当家と今川殿とのこれまでの関わり合いといい、ここで肥後守様を駿府へ向かわせるは危うき仕儀となろうやも知れず、ここはしばらくの時を待ったが宜しかろうと存ずる」

これは二十年前に但馬の父和泉が、直親の父親直満に対して言ったものと同じ言葉であった。それに気がついたのか新野左馬之助が続いて言った。

「それがしも同様に考える」

二十年前には新野は駿府行きを主張したのであったが、あの時の失敗が心の中に刻み込まれているのか今度はその反対を言った。

中野越後も同様の反対を言った。結局、全ての家臣達が反対を表明したことになった。

小野但馬は直親に進言した。

「肥後守様、お聞きの通り我ら家臣達は全てが駿府行きに反対を致しております。この召喚にはしばらくの沈静の時を待って、しかるべき後に出府すべきでありましょう。その申し開きの為の使者には拙者が出府致しましょう。二十年前の悪しき前例もござりますれば」

家督を相続して間もない若い直親にとって、老臣達の石橋をたたく結論は歯がゆいものであった。年寄り達が石橋をたたいても渡らぬのであれば、自分は丸木橋を逆立ちしてでも渡ってみせるという気負いを見せていた。直親は若さに勝った口調で言い切った。

「いや、拙者が行くぞ。

申し開きは己でしようぞ」

但馬は直親の前に立ちはだかるばかりに両手を広げて言った。

「なりませぬ。その申し開きも叶わずにお父上の直満様はご生害されておられます。まずは我らが決めたことにお従い下さりませ」

但馬の決然とした言葉に、直親の顔に明らかな不満の表情が浮かんだが、大勢の家臣団の手前、直親は折れた。

「相分かったわ。

致し方ない。そうするとしよう」

但馬の愁眉が開いてその眼に涙が浮かんだ。家臣達も肩の上がりを治めて膝を弛めた。直親は足音を残して評定の場から去って、あとにはむなしいばかりの気分が漂った。

「寒いなあ」

一人が言うと、ようやくその寒さに気づいたもう一人が、

「酒でも呑もうか」

数人が集まって瓶子とかわらけを持ち寄り苦い酒盛りを始めた。


その夜が明けた。直親とその取り巻きの家臣達二十人ばかりの姿が消えていた。それはすぐに家中に伝わった。

「なんとしたことを……」

小野但馬は唇を噛んだ。

「直ちに追いかけ申せ……」

とは言ったが、

「待て……！」

押し止めた。

「無駄なことかも知れぬ」

そう言うとその場へ力無く座り込んだ。


二十年前のことなど意に介することもないとばかりに直親は、危惧する但馬や家臣達を後に、二十人余りの家臣を引き連れて駿府へ向かった。今川家への違背の意を示さぬように具足は着用せず、直垂姿で馬を駆った。

師走の寒風が直垂の袖を巻き上げて、思わず身震いも起きようとする日暮れ時、今日の宿所ときめた遠州掛川へ着いた。何はともあれ風呂と酒が今夜のもてなしよと思いがよぎる中、たれ落ちる鼻水を袖口で拭き取ると、掛川城主朝比奈泰朝の手勢が小具足を着けて待ち受けていた。その一人が誰何をした。直親の家臣が寒さを吹き飛ばす大声でそれに応えて言った。

「我等は井伊城主肥後守直親が一行でござる。お迎え大儀にござる」

聞き終わるや朝比奈の手勢の槍先がキラリと光った。

「懸かれ！」

大声と、喚声を上げながら槍先が滅多突きをするのとが同時であった。朝比奈の手勢は一斉に無防備な直親の一行に襲いかかり、辺りを血の海として修羅場は十を数える内に静かになった。油断を見定めての攻撃のあとに十九人の死体が横たわった。有無を言わさぬ処分は今川家を離反しようとしている小土豪達への、疑わしきは罰するという見せしめであった。

直親の遺骸が井の国へ届けられた。小野但馬は又してものことに唇を噛んだ。お家を何事もなく波静かに治めることこそ自分に課せられた責務と信じてきただけに、但馬の衝撃は大きかった。

だが、直親内室や、小野但馬よりももっと大きな衝撃を抱いたのは祐圓尼であった。直親が葬られた祝田村大藤寺の墓前で祐圓尼は、父親の直盛が戦死した時よりも、もっと多くの涙を流した。目の前の土となり果てた直親の塚の上に、己が僧形であることさえ忘れ、しかしそれは許されてもいい事と自分を納得させ、想いの限り泣き崩れて、南渓和尚に支えられた。都田川原を吹き抜ける三岳おろしの寒風も、己の心に吹き荒れる嵐にくらぶれば、むしろ優しくさえ思われた。

直親は、いや亀之丞は、一旦は祐圓尼が生涯ただ一人と決めた男であった。たとえ他の女性と結ばれたとしても、祐圓尼の中には、信州へ落去する前の亀之丞の面影は生き続けていた。そして僧形となった今も、亀之丞は昔のままの姿で生きていた。それはおそらく終生心の中に生き続けるであろうことは、あるいは、祐圓尼の生き甲斐ともなっていた。その直親が今はむくろとなって塚に眠るなど、言葉も浮かび上がらぬ悲しさであった。

「思い切り泣くがよいぞ……」

直親に対する祐圓尼の心中の葛藤を知り抜いている南渓和尚が、崩れようとする祐圓尼の細い体を抱き支えた。そして絞り尽くした涙の果てに、祐圓尼はようやく顔を上げた。顔を上げることによって祐圓尼は佛弟子としての顔をかろうじて取り戻した。

三、毒

直親の謀殺から年が明けて永禄六年、祐圓尼の曾祖父井伊家二十代信濃守直平は老残の身にむち打って再び井伊家の当主に返り咲いた。直平は八十歳ながら壮健であった。一旦は家督を二十一代直宗に譲って隠居をしたが、乱世は直平に安逸を貪らせなかった。直平は子の直宗、孫の直盛、直親を己より先に鬼籍へ送ってしまった。

直平が再任するとそれを待っていたように今川家より軍令書が届けられた。先に今川を離反して武田に走った天野宮内右衛門を討て、というものであった。これは昨年、徳川に意を通じたとして生害された直親の汚名をそそぎ、併せて今川への忠誠を誓わせようというものであった。

直平は久しぶりに具足を着けた。それは八十歳の身には太刀を杖にして立ち上がらねばならぬ程に、ずしりと身に重い物であった。胴丸のわだかみは肩に食い込み、下散は地に着く程に垂れ下がった。
「大儀なことよ」
直平は、辺りに人が居ないことを確かめると、一人愚痴をこぼした。言ってしまってからもう一度辺りを見回して、人に聞かれなかったことに安堵した。そのようなことが今川の耳に入ったならば、再びあらぬ疑いを掛けられる事は火を見るより明らかであったからだ。どっこいしょ……というかけ声で立ち上がると直平は、兎にも角にも馬上となり、総勢三百を引き連れて宮内右衛門征伐へ出発した。途中、曳馬城の飯尾豊前の屋形へ立ち寄って一服をした。親類筋でもある直平を豊前は歓迎した。直平は豊前の歓迎を良い気分で受けた。

この時、曳馬城の中は家臣団が分裂し、互いに疑心暗鬼の状態にあった。家老の江間加賀守には徳川との暗黙の提携がなされていた。もう一人の家老江間安芸守は武田よりの誘いに食指が動いていた。直平がこれから征伐に行こうとする天野は、その武田の身内となっている。豊前守は家臣団の分裂はわきまえてはいたが、それを直平に知られることは更に悪い結果を招くものと、表面上は直平を歓迎し、下へも置かぬもてなしを図り、裏では家臣達の反目を悟られぬように気を配っていた。

「信濃守殿、この度のお役目ご苦労に存じます。ご老体には急ぎ御出陣なさることもござりますまい。まずはごゆるりとくつろがれよ。酒肴も用意致しましたなれば、一献召されよ」

豊前には、相成るべくは直平にここに止まって天野討ちには出陣して貰いたくない下心があったが、それは口に乗せられないことであった。

「今一献……」

　重ねる杯を、直平は豊前の下心とは気づかずにいい気分で干した。杯も少しばかり過ぎた気がしていたが、もてなしの仕上げにと豊前守内室が点じた茶はさすがに口に旨く飲み干した。出発の時、馬へ向かおうとして、足がもつれているのは酒のせいと気にも留めずに馬上となった。天野が立て籠もる八城山へは天竜川を挟んで五里の道のりがあった。年寄りにとって五里の進軍は身に堪えると愚痴も出ようとして有玉村まで差し掛かると、直平は突然総身がすくむように馬上で硬直した。次の瞬間、具足の重さを支え切れぬばかりにもんどり打って頭より落馬した。毒を盛られた故に死に至ったのか、落馬が致命傷であったのか、いずれとも判断が付きかねる死に様であった。轡を取っていた大石作左衛門は錯乱し、直平の遺体を馬に担がせて自分の在所の川奈村へ疾駆して埋葬し、その塚の前で割腹して果てた。己の責任を明らかにするためであったのか、主人に殉じるためであったのか。

　事の次第に激怒した直平の手勢が曳馬城へ押し掛けた。豊前守内室が点じた茶に毒が仕込まれていたと言って騒いだ。

　大石作左衛門は割腹の前、近親の者にこう言い残したという。

「お屋形様は何事もなく曳馬城を出られまして有玉村の大菩薩山の麓まで差し掛かりました時、拙者がお屋形様に話しかけようと振り向きますと、お屋形様は馬上で突然に総身がすくまれたように身を固くなされたのであります。拙者が声を掛ける間もなく頭より落馬され、激しい身もだえの後、口からは泡を吹かれてそのまま息絶えられました。曳馬城を出ましてからは何となくお心持ちも悪げで、お体も気怠げに見えました。それは召し上がられた酒のせいばかりとは思われませぬでした。道々何事か口ごもっておられ心そこに在らざる体に見えました。もしかして毒気に当てられたのではと思いましたが……、とすれば豊前殿ご内室が勧められた茶の中に毒が仕込まれていたものに違いありません」

豊前守内室椿殿は次のように釈明した。

「私が直平殿の茶に毒を盛ったなどとは思いも寄らぬ濡れ衣でございます。私は直平殿ご出陣の時、確かに茶を勧めました。直平殿はそれをご機嫌も宜しく喫されました。なれど直平殿は心進まぬ御出陣に痛く沈まれておられるのが、私にもよく見て取れました。夫豊前守もそのことはよく承知致しております。家臣達の中には天野殿へも同情する者達がいることも確かでございます。

考えてもみられよ。飯尾家も井伊家も天野家も互いに親類同士、今川殿の軍令とは申せ、親類を征伐に行かねばならぬなど、ご老体にはご心痛のことと察しておりました。馬上となられてからも、手前どもにお声を掛けられましたが、心なしかそれは永久の別れを申された如くに、後にして思えば、聞こえました。直平殿には既に心に決するものが有ったのではと思われます。御出陣後、しばらく致しますと井伊家の兵達が、直平殿が毒に当てられたと、戦仕掛けで曳馬城へ押し掛けました。やむなく城門を閉じました。思い当たりますのは、直平殿はご老体の上に甲冑の重さが身に堪えられて、その上、心にもあらぬ天野征伐のご心痛のあまり、卒中か心の臓の引き止まりを起こされたのではと推察致します。このことにより井伊家と飯尾家が敵となるは心外のことにござります」

武田に意を通じる江間安芸守の選んだ毒は麻痺性のテトロドトキシンであったという。遠州浜で獲れたふぐより採取したものであったろう。飯尾豊前の歓迎の酒盛りの半ば、肴の中にこの毒が仕込まれたことは、豊前も内室も知る由もなかった。

「酒を進まれよ。
肴を召せ」

にこやかに応対する内室の顔色のいずこにも一点の曇りもあらばこそ、直平は機嫌良く杯を重ねた。そしてその仕上げに直平は茶を所望した。その茶には毒などあろう筈もなく、直平は微酔の内に馬上となった。

だがこの裏話は訳知らずの推理に過ぎない。結局直平の死因は不明のまま、飯尾豊前内室が毒を盛ったということのみが誇大に伝えられて、井伊家ではそれが真実として囁かれることになってしまった。両家は親類でありながら止むを得ぬ事とはいえ戦状態となってしまった。

四、飯尾討ち

直平急死の波紋は意外な展開となった。

今川家ではかねてより飯尾豊前守に離反の動きがあったことから、細作を放って探偵させていた。細作達が寄せ集めた情報を総合すれば、飯尾豊前の家臣団に分裂があり、徳川派と武田派に分かれて反目をしているということであった。今川にとってはそれがどちらということは問題では無く、離反を企てる者は即誅罰を加えることが第一義であった。

直平急死の原因を、毒盛りと言い触らしたのは今川の細作達の工作であった。……と考えても不思議には当たらなかった。ただ、それに気付いた者が居たのか居なかったのか、井伊家は飯尾家と不穏な状態に置かれてしまった。今川家は離反の疑いのある飯尾家を潰す好機とばかりに直ちに行動を開始し、井伊家に対して飯尾征伐の軍令が発せられた。

「此度の信濃守不例は、豊前守乱心の故也。則ち発向、豊前守退治召さるるべし」

井伊家家老小野但馬はやむなく家臣団を招集して評定を起こした。家臣団の意見は様々であった。困難に直面した時の人々の対応は、余人には計り知ることが出来ぬ程に十人十様であることを、但馬は父和泉守から伝授されていた。それを取りまとめることこそ、家老職の家老職たる処であるとも教えられていた。様々な意見が飛び交う中で、その場の喧噪にも身を晒し、一つ一つの申し立てにも一応に耳を貸し、右に頷き、左に顔を向ける仕草の内に、但馬自身はすでに己の考えはまとめていた。それは実を言えば、評定の前から既に固めていたものであった。父和泉守はそれを最初から前面に押し出したが故に、時に強引との評価を受けてしまったが、但馬は父のその姿を半面教師として学んでいた。但馬が評定をまとめる頃合いを見計らって口を開いた。

「各々方のご意見も出尽くしたようだ。如何で御座ろうか。この辺りで新野殿、中野殿に取りまとめをお願い致したいと思うが」

但馬は新野左馬之助、中野越後守が飯尾攻めに反対していることを知っての誘導であった。この二人の発言によって、あれほど混乱していた評定はあっさりと結論を引き出した。声の大きかった連中も、自分の存在を証明せしめる為の、ただ発言の為の発言であったことには全く気付かず、その声を更に大きくして評定は一致した。結論は出陣であった。だが合戦には及ばず、城を囲んだ上で両者の談合による決着ということになった。

永禄七年、井伊勢は曳馬城を取り囲んだ。寄せ手の大将には中野越後守、次将は新野左馬之助、手勢は三百ばかりであった。新野左馬之助が今川家の手前、この難関を何とか切り抜けて、井伊家、飯尾家の双方が立つように計らってくれるのではという小野但馬の目算であった。

井の国と曳馬（浜松）との四里の間には東西二里、南北三里の三方ヶ原が広々と視界を広げ、その南端が曳馬城である。この進軍の途中、中野と新野は馬上で飯尾攻めの対策を話し合った。両人とも合戦には及ばず、会談で決着を付けることで一致していた。談合の場所は曳馬城近くの、城を見下ろす高台にある真徳山天林寺とした。飯尾豊前と中野、新野の三者が顔を合わせた。今、敵となってはいるが、いずれも顔なじみの、俺、貴様と言い合う間柄であった。

中野がまず口を開いた。

「困った事になったものよ」

飯尾も言った。

「困った事になった」

新野が言った。

「何かよい思案を考えたいもの」

三人は額に縦皺を作るばかりであった。飯尾が縦皺を更に深くして言った。

「拙者には、先祖の代より今川家のご恩を蒙っていることもあり、まったく今川を離反する気は無いのだ。そのことだけは中野も新野も分かってくれ」

「勿論だ。だが情勢がもつれてくると言い開きも通らなくなる。ところでご内室が直平殿に毒盛りをなされたと噂されているが……」

「全くの濡れ衣だ。もし直平殿が真実毒によって命失われたとすれば、それは井伊、飯尾の離反を謀る者の仕業だ」

「それは誰……」

「口に出せる訳はなかろう。

ただ気になる噂の一つ二つはある」

「それは……」

「拙者家老の江間加賀と江間安芸の周辺に三河と甲斐の者の姿が見え隠れしている」

「今川殿が眼を尖らしているのは、そのことよ」

「多分そうであろう」

「どうであろうか、その二人を切腹させて、御身の無実を証明されては……」

「拙者にはそれは出来ぬ……。だが家の存亡に関わることならば……、止むを得ぬことかも知れぬ」

「致し方なかろう」

談合はその二人の切腹で事を納めるように決着した。だが三人がほっと気を緩めて、杯を交わそうとした時であった。突然、城より鬨の声が上がった。何事と三人が天林寺の高台から見下ろすと、予期せぬ有様に眼が釘付けとなり言葉を失った。城門を開け放った、多分、江間の手勢と思われる一団がどっとばかりに井伊勢に襲いかかっていた。

「しまった」

三人が同時に声を上げ、身支度をした。豊前守は、

「城へ戻って説得を致す、御免」

言い残して馬腹を蹴った。だがいきり立つ両軍を押し鎮めるには時が遅すぎた。中野と新野も豊前守の後を追って馬を駆った。

「静まれ！

静まれ！　……」

叫ぶ声が虚しく喚声にかき消された。その時であった。城中より矢嵐の一群が中野と新野目がけて乱射された。二人は針鼠のように矢を受けて馬上より奈落へ落ちた。和議を目前にした惨事であった。

二人の大将の戦死によって井伊勢は引き揚げ、合戦は有耶無耶のうちに終息してしまった。だが、今川家では放って置かなかった。離反の疑いがある飯尾豊前に対して今川家は懐柔策を採った。豊前嫡男と今川家の女《むすめ》を縁組させて親類となろうと持ちかけた。

「如何致そうか」

豊前は姉婿の二俣城主松井山城守宗親に相談をした。宗親はしばらく考えていたが、

「危ないな、今更今川家と親類となったとて、かえって手かせ足かせとなるばかりではなかろうか。もう今川殿の世ではござらぬぞ」

危惧を言った。

「ならば義兄者《あに》は次なる遠州の支配者は誰だと考えられるのか」

「実の処、拙者にも分からぬ。

ただ、拙者の処へも武田と徳川の手が伸びていることは確かだ。今ここで旗幟をあからさまにすることは、なおのこと危険を伴う。武田、徳川の旗色を見極めた上で態度を打ち出しても遅くはないのではないかの。我ら小さな土豪達はいずれ大樹の傘を借りねば家を存続させることは叶わぬ」

宗親は深息をついた。

豊前は今川よりの強要への対処を訊ねた。宗親の深息が更に沈んで顎を抱えた。

「困ったことになった。断れば戦になろうし、受ければ足かせとなる。うまい口実をもうけて断るしかないな。嫡男辰之介殿は何歳になられるか」

「十五歳になる」

「適齢期じゃな。もう既に他家との縁組が調ったとでも言い訳しようか」

「誰ぞ良き縁組みの相手があろうか」

「そうじゃな……、飯尾家と釣り合う家柄で……、適齢の娘といえば……、なんだ、我が家の三女に十二歳の者が一人いる。これではどうじゃ」

「願ってもない、是非その娘御を我が家へ下され」

「承知致した。

それについては今川殿へ断りの使いを出さねばならぬが……」

「拙者と息子で出かけようと存ずる」

「拙者も同道しよう」


永禄八年師走、飯尾豊前親子、松井山城は連れ立って駿府へ伺候した。一室へ通され、取り次ぎに出た三浦右門の応対の悪さに豊前は嫌な予感がした。

井伊直満、直親親子が駿府屋形と掛川で有無を言わさず生害されたことが頭の片隅を走り抜けた。

「帰ろう！」

豊前が山城の袖を引いた。

「うむ」

山城が答えて、

「三浦殿へ挨拶交わしたことで我らの顔も立つ筈だ。長居は無用」

言いつつ襖を開けると、そこには三浦の手の者が立ちはだかっていた。

「何処へ行かれるのか」

立ちふさがるように両手を広げた。

「三浦殿へは先ほど挨拶を致した故、我らはこれにて引き取る所存、よしなにお伝え戴きたい」

豊前はさりげなく言った。配下の者は手を広げたまま無表情に言った。

「お留まり下され。

我らは客人をもてなすように言いつけられている。間もなく酒肴の支度も調うことなれば、しばらくはそのままにお待ち戴きたい」

そう言いながら配下は腹先で押し返すように客を元の場所へ座らせ、襖を手荒く閉めて部屋を出た。直後、寒々とした空気がめりめりと音を立てるように裂けて、障子越し、襖越しに幾本もの槍が突き立てられた。

「これが酒肴か……」

叫びながら豊前の体が崩れ落ちた。続いて山城、辰之介、供の者達が重なり合うように倒れた。

五、女当主

永禄七年も暮れようとしていた。乱世とはいえ井伊家でこれ程の犠牲者を出そうなど、祐圓尼は、競い合い潰し合う世の勢いに、涙や嫌悪を抱く前に、むしろ無常観を強くしていた。己が生き残るためには、他人を蹴落としても、それが正義とする時の人々の意識の無念さに祐圓尼は、仏に仕える身として、これは尋常のことにあらず、すべては乱世を容認することこそ、諸悪の根元になっているのではとの思いを抱いていた。

ところが、いつぞや南渓と話した時、南渓は人間の業《ごう》について語ったことがあった。その時南渓は人間の業には善悪二面があると言った。業は時によっては悪さをし、治まれば薬となると言った。そして人間の本性は悪であるとも言った。本性が悪であるとの考えに立てば、人に裏切られても、それは人間本性の為せるわざと知り、戦さえも人間の本性の悪が為せることと容認出来ようと言った。更に人の本性が悪であると最初に見抜いたのは釈迦であったのかも知れぬと、祐圓尼にとっては霹靂《へきれき》に遭ったようなことを言った。

その戦ばかりの乱世にあって、これからこの井伊家は、その乱世を乗り切って盤石の安心を持つことが出来るのであろうか。井伊家は男子が皆戦死されて、残る男子は四歳になったばかりの虎松一人になってしまい、果たしてこの先、その荒波を乗り切ることが出来るのであろうか。祐圓尼は井の国の鬼門を鎮護するばかりに黒々と聳える三岳山を仰いで溜め息を吐いた。

その時、南渓和尚の呼び出しがあった。祐圓尼が庫裏へ向かうと、こちらへと本堂へいざなわれた。これはあらたまったお話があるに違いないと、祐圓尼は背筋を立てた。

「そこへ座られよ」

南渓が座を示した。

「ここはご本尊様の前……？」

「それでよい、込み入った話になる。井伊家のこれからについて相談を致したい。我が井伊家には当主となるべき男子がすべて失われて、今は当主不在の状態じゃ。なにせ虎松はまだ四歳、いずれ当主を継がせるとしても今はまだ叶わぬ。儂の今考えていることを話そう。祐圓、そなたがこの井伊家の舵取りをしてはくれまいか。つまりは井伊家の当主ということじゃ」

「何を言われますのか、びっくりするでは御座いませぬか。男子でさえも務まらなかった重いお仕事を、女の私に出来るわけが御座いませぬ」

「出来るか出来ぬか、やってみなければ分からぬ」

「やるまでもなきこと、無理で御座います」

「祐圓、そなたは今年何歳になる？」

「二十二歳でございますが……」

「昔の女性はもうその歳には男達を従えて、この日の本の礎を築かれた。神世の時代のことじゃがな」

「それは神様だから出来ましたこと……」

「そなたがまだ乳飲み子のころ、母者に抱かれてつぶらに開いた眼《まなこ》を見つめながら、儂の師匠の黙宗和尚がいみじくも言ったものだ」

「どのように……」

「明眸皓歯《めいぼうこうし》と……。」

そのあとで先生《せんじょう》は大笑いをされて、歯はまだ生えてはいなかったと腹を抱えられた。そしてその一点を見つめる眼《まなこ》を占われて、この子は将来、人の上に立つほどの器量の持ち主になるやも知れぬと申された。もしかして井伊家の今日あることを既に見通しておられたものではなかろうかと、今にしてその洞察に思い至る。

黙宗和尚の言を待たずとも、この儂が見てさえも祐圓の面差しには、この井伊家を担うだけの器量が見て取れる。どうじゃ、この井伊家の礎となってはくれまいか」

「……」

「今こそこの井伊家が一枚岩となって乱世を乗り切るには、なまじな男より祐圓という女性であればこそ出来ると儂は考える。主が女性であれば、その手助けをする男達は元気が出よう。受けてはくれぬか」

「御老師はそれほど祐圓を頼られますのか」

「その通りじゃ。それは儂だけの願いではない、この井の国の全ての者達の願いでもあるのじゃ」

「この国の全ての人々の……」

「人々はおろか、山川草木、禽獣に至るまで、祐圓のお味方じゃ」

「少し考えさせて戴いてよろしゅうございますか」

「いいとも、良い返事を期待している」

祐圓尼は本堂南面の障子に目をやった。冬の日差しが橘の枝葉を障子に映している。それがわずかに揺れて頼りない風情を醸している。あの木が大きく育って太い幹となるまでには何年掛かるのであろうかと放心したように見つめていると、姫よ、と呼ぶ父直盛の声を聞いたような気がした。いやそれはまごうことなき父の声であった。祐圓尼は、行くべき道に迷った時、何時も、姫よ、と呼びかける父直盛の声を聞いてきた。それは遠い記憶の中に焼き込まれている大切な声であった。重い麻疹《はしか》に罹った幼い祐圓尼を膝壺に抱いて直盛は、姫よ、と呼びかけながら祐圓尼の体を温め揺すってくれた。困難に直面した時、不可思議な力に引き寄せられるようにその声が蘇る。

ふっと我に返った祐圓尼は意を決したように言った。

「御老師、これは考えるまでもないこと、井伊家の今の状況を思えば、答えは自ずと出て参ります。祐圓はこのお役目をお引き受け致します」

それを聞くなり、乱世の荒波に棹さして一際深くなった南渓の印堂の縦皺が、すっと消えて輝きを取り戻して言った。

「そうか、受けてくれるか、これで儂の肩の荷も軽くなった。嬉しく思うぞ」

「この国と、御老師へのご恩返しのつもりで命の限り務めたく思います」

祐圓尼は唇を引き締めながら決意を込めて言った。

永禄八年の正月を迎えた。井の国の人々は龍潭寺から響く大晦日の鐘の音を、昨夜は凍えた心で聞いた。そして元朝の若水は祖霊の井戸で汲み、神前に供えて家と国の繁栄を乞い願った。今、井の国の里を包み込んだ冷気は、そのままこの国を映し表しているように、人々は顔を上げることさえはばかられる程に萎えしおれていた。その足で踏みしめる霜柱はお城へと続き、人々は足取りも重く参集の歩を進めていた。正月というのに祝いの集まりではない。まだ、喪の中である。人々何を為すべきか模索のための集まりである。

城の大広間には、人々は集まっては来たが、我が身の今日を想い、この国の明日を想う内に、いつしか声も湿りがちとなっていた。その中で、あらかじめ今日の集まりの内容を知っているらしい家老職達だけは、何故か晴れやかな顔に見えたのは気のせいであったのか。小野但馬守が居ずまいをあらためて開口した。

「年の初めの佳き日に、ご参集を戴きかたじけない。本日はこの井伊家のこれからを語り合おうとお集まりを願った。お気楽に膝を崩されて宜しかろう。まず、南渓和尚からお話を伺うこととしたい」

南渓は一つ咳払いを済ますとおもむろに口を開いた。

「方々ご承知の如く、この井伊家は今や浮沈存亡の危機に見舞われている。ここ数年の間にお家の御当主三人までも失い奉り、今お家を束ねる主さえも居ない有様でござる。虎松殿は未だ五歳、元服されるまでにはまだ十年が要する。

そこでじゃ、如何でござろうか、虎松殿が元服されて家督を継がれるまでの間、この井伊家に主をお迎えしたいと思うのじゃが……」

南渓の言葉が終わると一座がざわついた。一体誰が主となるのであろうか、奥山殿であろうか、井平殿であろうか、渋川殿であろうか、一座はそれぞれに名を上げて推量し合った。その座を鎮めて南渓はもう一つ咳払いをして口を開いた。

「道鑑様（井伊直盛）の姫祐圓殿をこの井伊家の御当主と仰ぎたい」

アッと一座が声を上げげた。女当主とは誰も考えもしなかったことであった。だが次の瞬間一座は全員が納得の頷きを繰り返していた。なるほど……とその意表を突いた考えに感心の言葉を言う者もあった。異議を言う者とて一人も居なかった。

南渓が言った。

「女当主などこの乱世には前代未聞のことであるやも知れぬ。あえて祐圓殿を立てねばならぬこの井伊家の苦衷は、ご一統がよくわきまえておられることと思う。今こそ一家同心すべき時である。この提案にご異議ある向きは、ここを去られるが宜しい……」

南渓が自信有りげに広間を見渡した。

「いちにんのご退席もなく……。

ご一統のざわめきこそ、お家にとっての何よりのお力添え……。

そしてその静まりは明日への曙光……」

南渓が一座の同心とその静まりを確認すると、一声上げて呼ばわった。

「祐圓殿これへ……」

その言葉に促されて、黒衣法躰の祐圓尼が一座が振り返る後ろ大廊下に姿を現した。法衣に包まれたとはいえ、満座の視線を全身に受けて祐圓尼は緊張に身を固くしていた。息を呑むような静寂の中を、家臣が中央に道を開いた。その静まりを、衣擦れの音と香の余韻を残しながら祐圓尼は歩を進めた。その顔にはもう後悔の色は窺えなかった。

「お着座を……」

南渓が指し示したその場所は、中央上座の当主が座る位置であった。空席となっていたその場所へ祐圓尼が静かに納まった時、法躰とはいえ、むしろその故にこそ、その容に並み居る面々はすべて納得の頷きをした。

南渓も頷きをしながら言った。

「ご一統、かかる次第と相成った。ご異存なきや……」

家臣団に異存があろう筈は無かった。それどころか安堵の色を濃くした。更に南渓は言った。

「以後、祐圓殿はお名乗りを井伊次郎法師・直虎殿と申されることになる」

その言葉を聞くと祐圓尼ははっとして南渓の顔を見た。直虎などという武張った名乗りのことは聞いてはいなかった。それが南渓の独断であることは許せても、あらかじめ耳に入れておいてくれなかったことを恨めしく思い、顔が赤く火照るのを覚えた。

それを横目で眺めて南渓が、一座には見えぬように顔の向きを変えて、祐圓尼に片目をつぶった。南渓のその仕草の面白さに、つい祐圓尼も許すことにした。

一座の安堵を見届けて家老小野但馬守が釘を一本刺すことを忘れなかった。

「以後、祐圓様が申されることは、家祖共保公の御言葉と受け止められよ」

家臣の誰彼が萎えた空気を吹き飛ばすばかりに大声を上げた。

「祝宴を張ろうぞ！」

一同が和した。


直虎となった祐圓尼の多忙な日々が始まった。

「ご老師、何から手を着ければ宜しいのでありましょうか」

直虎は身に余る重責に耐えぬばかりに、心細さも手伝って補佐役の南渓の顔を窺った。

「当家が何よりも先に為さねばならぬことは、まずは今川殿との関係修復じゃな。義元殿亡きあと今川家では版図維持のためにあらゆる手を用いている。それは時には悪辣ともいえる手段で国人達を圧迫している。早い話がこの井伊家への目障りな干渉じゃ。

直親殿、直平殿はそのために犠牲となられている。

だが儂には今川家よりも今一つ気になる国人大名がある」

祐圓尼・直虎の顔がきっと南渓を見つめ直して言った。

「それはどなたでござりますのか」

「三河の松平じゃ。もっとも今は徳川と名を改めたそうじゃがな」

「徳川殿がどうしてご老師の気になられるのでありますか」

「されば、古きを尋ねれば、後醍醐乱世の折、我らは南帝にお味方申し上げた。徳川殿の先祖もそのようであったと聞く。しかし世の流れは北帝の御代となられ、我らは致し方なく、北帝を支えられた足利一門の今川殿に拝跪して家を存続して参った。徳川殿の血の中にもその時の無念の想いがあろうやと思われる。なればこれからは、あるいは心を一にして乱世を渡り歩く道連れになろうやとも考えるのじゃ」

「ではご老師は今川殿と徳川殿を秤に掛けられて……、もしや徳川殿の方が、これからは重くなるやも知れぬと……、考えておられるのでしょうか」

南渓が辺りを窺って、

「直虎殿、声が大きいぞ」

と口に手蓋をかぶせた。直虎も声をひそめて、

「これは私としたことが……。

でもご老師の声も大きうござりましたぞ」

二人は顔を見合わせて忍び笑いをした。

「で、次に為すべきことは……」

直虎が促した。

「家臣達の所領安堵状の発行じゃな。これはご当主が代わられる度に行わねばならぬ」

「その第一番は……」

「分かっておろうが……、この龍潭寺の寺領安堵じゃ」

言いながら南渓はにこっと笑った。直虎も、

「ほほほ」

と笑った。二人がにこやかに笑い合えることなど絶えて無かったこのお家の困難な時に、些細なことを肴にして笑いの材料にするなど、悲しいことであるのは二人は十分にわきまえての笑いであった。

「所領安堵の次は……？」

直虎が笑いを収めて言った。

「今川殿から難題を持ちかけられている」

「どのような……」

「徳政令を発布せよと申し越されている。徳政を行えば喜ぶ者がいる反面、困惑する者もいる。この井伊家の財政をまかなってくれている金主達はだから徳政には大反対をしている。あちらを立てればこちらが立たず、直虎殿の采配や如何と耳目が見つめている」

「困りました。私にはとてもそのお役は出来そうもございません」

「まあよい、汚れの役は儂等が務めるによって、直虎殿は大きく納まっておれば宜しい」

「その次は何を致しましょうか」

「そうじゃな、そうそう、西月様（直平）菩提寺の渓雲寺から梵鐘寄進の依頼が参っている」

「そのようなことならば喜んで……」

「出費になるぞ」

「大おじいさまのご供養になることなれば……」

「そうか、では早速に手配をさせよう。それからな……」

「まだありますのか」

「今、領内各所で地境をめぐって山論が起きている。それらを裁かねばならぬ」

「ご老師、当主の仕事というは真実際限も無くたいへんなものなのですね。これでは身を休める時もございませぬ」

「いやなに、そのうちに手抜き、よきに計らえも覚えて、慣れれば楽しいものじゃよ」

「そうでしょうか、私はお話を伺っただけで息切れをしてしまいました」

「まあそのように堅く考えずとも気楽に務めるがよいぞ」

南渓は当主という重責を祐圓尼に課してしまった事態に、後悔と自責と重なった想いに悩まされることとなった。

六、女同士

直親遺児虎松が目元も涼しく十五の春を迎え、国中がその元服の祝い酒を酌み交わすことが出来るようになるまで、それまでは十年が掛かろうが、その間、祐圓尼・直虎が墨染めの衣の下に腹巻きを纏っても井伊家の当主たることが知らされると、仏心厚い祐圓尼の人柄を知り抜いている井の国の人々の間に、安堵と喜びが池を渡る清風のように広がった。

その頃、奥山因幡守は鬼籍に入り、その跡を奥山朝宗が継ぎ、同じ因幡守を名乗った。そして直親後室の兄であるその奥山因幡が龍潭寺の南渓を訪れた。

「和尚に相談がござる。我が妹のことでござるが……」

そう前置きして奥山因幡は次のように語った。

妹の「おひよ」は縁あって直親殿と夫婦となったが永禄五年に直親殿がご生害されたあと、その遺児虎松殿を育てて参った。しかるにこのほど曳馬（浜松）の松下家より再縁の話が持ち寄せられて、拙者一人では決めかねること故、和尚に相談をしに参った、というものであった。

「和尚のお考えをお聞かせ戴きたい」

因幡守は頭を掻き上げながら南渓の顔色を見、意見を求めた。南渓は因幡守の顔つきから、この話は既に出来上がっていることと判断した。

「松下家とは頭陀寺城の松下殿のことでござるか」

「その一族の松下源太郎殿でござる」

「家柄は悪くはないの」

「と言われることはご承知下さることでござるか」

「まあ待たれよ。おひよ殿も直親殿との間に虎松という跡継ぎをもうけられて、この井伊家へのお役目を立派に果たされた。直親殿亡きあとは孤閨を守らせることもあるまい。拙衲は再縁に賛成致す」

南渓は因幡守の期待した返答をした。因幡守の顔色が明るくなった。

「それを聞いて安堵致しました。妹も何分まだ年若故、兄としては不憫さがつのっておりました。和尚が口添え下さるのであれば話を進めたいと考えます」

「おひよ殿は何歳かな」

「二十三になろうかと……」

「では当山の祐圓と同じ年まわりということか……」

「そのように聞いてはおります」

「奥山殿、この話は進められよ。今日は明るい話を聞かせてもろた。井伊家御当主様には……、なに、祐圓のことじゃがな。拙衲から伝えておこう」

「よしなに……」


梅の蕾も柔らかくふくらんで、春の近いことを知らせていた。とはいえ未だ寒気の去りきらぬ龍潭寺から井伊城への数丁の道のりを、南渓は急ぎ足に衣をひるがせて身を運び、祐圓尼・直虎に事を伝えた。一通りの話を聞き終わると直虎は、

「そうですか……」

目を浮かせて感慨深そうに言った。しばらく庭の椿の深い赤色に目を止めていたが、その沈黙のあと、

「それはよかった……」

ようやくに祝意を言った。

直虎が祝意を表すまでに時が要ったのには、それなりの心の整理が必要であったからである。直虎とおひよとは同じ歳、幼い頃から同じ井伊一族として顔なじみであった。本来ならば直虎が心も嬉しく辿るべき道を、乱世のからくりの噛み合わせの食い違いから、おひよが受け継ぐ形で踏んできた。今はご後室となって身を大藤寺にひそめているおひよではあるが、この頃は顔を合わせる機会もなく、互いを気遣いながらもわずかに虎松の行き来にその消息を知るばかりであった。井伊家嗣子であるところから虎松はお城や龍潭寺へは足繁く通っていたが、おひよはついぞ顔を見せなかった。おひよが直虎の前に姿を見せないことについては、直虎なりの思い込みがちらついてはいた。多分亀之丞殿へのこだわりが、おひよの中に居座っているのであろうと、しばらくはそっとしておくことにしてはいたが。

梅の花が一斉に咲きそろう頃、そのおひよが曳馬（浜松）への輿入れの身支度でお城の直虎に会いに来た。井伊家を離れることへの挨拶と、後に残す虎松への支えを願うためであった。直虎にとっておひよと顔を合わせるのは何年ぶりのことであろうかと、わずか一里の隔てしかない距離を遠いものと感じていたことを今更の思いで振り返った。

挨拶の後、口を継いだおひよの言葉は直虎にとっては思いも掛けぬものであった。

「私はまずもって祐圓様にお詫びを致さねばなりませぬ。

私は家同士の申し合わせにより直親殿と縁を結びました。薄々は承知致してはおりましたが、直親殿は本来は祐圓様と御縁組なさるのが本筋であられたとか。祐圓様が御出家なされて還俗も叶わぬ故に、私にお役が回って来たと後にして聞き及びました。以来私は祐圓様には済まないことを致したものと、心の奥に棘立つ思いを抱えて参りました。そして祐圓様のお心の中には、直親殿、いえ、亀之丞殿が今も生き続けておられることを、直親殿の墓前での祐圓様の深いお悲しみ振りから知ることが出来ました。あれほどの多くの涙を、妻である私でさえ流すことはございませぬでした。あの時私は、直親殿への想いに於いて、祐圓様に敵わぬことを心底から知りました。それ以来祐圓様のお顔を見ることが心苦しく、互いを憚ってこれまで忍んでおりました。せめて虎松を、亀之丞殿の生まれ代わりとしてお城やお寺へ通わすことが、祐圓様のお心の安らぎに適うのではなかろうかと努めて参りました。

今日この井伊家を離れるにあたり祐圓様にお願い申し上げます。どうぞ虎松を亀之丞殿の身代わりと思し召されて、お側においてやって下さいませ。それが直親殿、いえ亀之丞殿を祐圓様にお返し申し上げることが出来る私のせめての償いにございます。

祐圓様のお心の中には亀之丞殿がこれからも長く生き続けられることでありましょう。そしてそうあらねばなりませぬもの」

祐圓尼・直虎の亀之丞に対する心中の奥底を、おひよは既に見透していたことに直虎は、女としての同性意識から、今はっきりと頷くことが出来た。それまでは、おそらくあの南渓和尚でさえも果たして本当に直虎の心中を理解していたであろうかどうかはおぼつかないことであろう。それをおひよは、はらわたを切り開くように直虎の前にさらけ出したのだ。

直虎はおひよの顔をあらためて見つめなおした。心中を吐き出したその顔には、これまで溜め込んでいたもろもろの塵を拭い払った爽やかさがあった。

「おひよ様、お心を開かれてよくぞ話して下されました。私の心の奥底のことは、自分にさえも摑みかねるもの。それを貴女様は私以上に見ておられたのですね。

私の亀之丞殿への想いは、おひよ様の言われた通りかも知れませぬ。私もいっときは、亀之丞殿と仲むつまじいおひよ様のお姿を遠くより眺めつつ、心の炎に抑えがたき想いを抱いたことも、無いと言えば嘘となりましょう。たとえ墨染めを纏おうとも、私もやはり一人の女、俗世の方々と何変わるものではございませぬ。それを表には出せぬ苦しさを仏道修行にことよせて抑えてきたものかも知れませぬ。

おひよ様、乱世のこととはいいながら、我ら女同士、大波に揺られる捨て小舟のように運命《さだめ》に弄ばれて来たように思います。せめてこれからはしっかりと地に足の着いた暮らし向きを目指そうではございませぬか」

直虎はおひよの手を取って自分の手を重ねた。相手の手の温もりで、これまでの憚りが溶け去っていくのを直虎は思い、おひよも感じていたに違いない。

「祐圓様、今日はお会いして本当に良かったと思います。亀之丞殿を祐圓様にお返しすることが出来まして、そして祐圓様がしっかりとお受け取り下さいまして、私はこれより心おきなく井伊家を去ることが出来ます。どうぞ亀之丞殿をもう祐圓様お一人のお胸の内にしっかりとお納め下さいませ」

「おひよ様、女の旅立ち、何よりのご多幸を」

直虎は城門までおひよの手を引いて見送りに出た。

直虎は、

「佳き旅立ちを……」

梅の小枝を手折り、おひよの襟にかざし、いま一度の励ましと祝いの言葉を贈った。おひよが城門を一歩踏み出した時、

「母上……っ！」

後に残された虎松が直虎の陰から泣きじゃくりながら叫んだ。その声におひよは振り向かなかった。そして背中から虎松に、もうこれまでに何度も言い聞かせたであろう言葉を投げた。

「祐圓様のおっしゃられることを、よく聞くのですよ……」

直虎が虎松の背を押して、今一度の別れを惜しむようにと、おひよの方へ押しやった。だがついにおひよは振り向くことはしなかった。直虎が虎松を抱き上げて遠ざかる母親の姿を涙で潤んだ虎松の眼に焼き付かせた。しゃくり上げる虎松の顔を直虎は自分の胸の中に埋めた。

おひよは直虎の心の奥底まで見透した上で、これまで直虎の前を憚って顔を見せなかったことに、直虎は女同士の切なさを思った。虎松を見送った後で、直虎の中にはおひよの言った言葉が居残っていた。虎松を亀之丞殿の身代わり生まれ変わりとしてお側に置いてやって下さいと、おひよは思いも掛けぬことを言った。虎松は毎日のように寺で遊びお城へ通って直虎の袖口にまとわりつくばかりに慣れ親しんでいる。直虎は虎松をただ愛しいという想いだけで目を掛けて来たのであろうか。それは間違いないことだ。だが抱き上げる虎松に、自分は亀之丞

殿の体臭を感じ取ってはいなかったであろうか。いないと言えば嘘になった。

その上であらためて虎松を抱き上げれば、直虎にとっては幼い頃の亀之丞の体臭そのものを感じる思いであった。

「亀之丞殿、やっと私の胸に帰ってきてくれましたね。そしてこれからはもう何処へも行くことはござりますまい。だって私が放しませぬもの」

直虎・祐圓尼はそっとつぶやいた。

第三章　遠州侵攻

一、家康登場

永禄十一年秋。

遠江と三河の国境に聳える多米の峠の頂に、徳川家康は数騎の武者達と共に立ち現れた。武者達は小手を翳して東方眼下に広がる浜名の湖を見下ろした。

「三河守様、いよいよで御座りますな」

酒井左衛門尉忠次が言った。

「この広々とした遠州が我らのものとなるかと思えば、どのような苦労も厭いませぬぞ」

石川与七郎数正がひげに反りを打たせて続けた。

家康の肩が上がった。

「おう、遠州を攻めるぞ」

言いながら家康は後ろを振り向いて声を掛けた。

「新八、どのように攻めれば良いか、のう」

「されば……」

菅沼新八郎定盈は馬から下りて鞭の先で地面に絵図を書き始めた。絵図を書き終わると新八郎は眼を遠くに据えて話し始めた。

「二つの道が考えられましょう」

「その二つとは……」

「一つは船を使い、鷲津・新居港より今切れ口を横切り、湖を渡って舞阪に上陸し鎌倉街道を遠州曳馬（浜松）まで進む路」

新八郎は鞭の先で地面の絵図と現実の景色とを対応させた。それを家康は見くらべながら言った。

「今一つは……？」

新八郎はもう一つの道を絵図の上に示しながら眼を北に向けて言った。

「湖の北岸の山伝いに進む路。どちらも一長一短がありましょう。船路では一度に数千の軍馬を運ぶには無理が御座います。また山路では反対勢力に迎え撃たれることも覚悟せねばなりませぬ」

「ふむ」

「船路の場合、遠州舞阪には今川家の舟手奉行中村源左衛門が居ります故、彼を謀略せしめればよいでしょう」

「ほうほう」

「源左衛門には多数の船を寄せ集める力があります。彼の男を謀略出来れば船路の確保は成ったも同然。そのため源左衛門には、事成ったあかつきには所領を安堵する約束が必要となります」

「そうしよう」

「次に湖北の山道を行く場合で御座りますが……。これが困りものでござります。抵抗勢力が多すぎます」

「誰と誰ぞ」

「まず本坂越えを図れば三ヶ日に浜名肥前守、気賀に新田美作守が抵抗致しましょう」

「浜名に新田か。謀略出来ぬかの」

「出来ぬこともござりませぬが、なにせ頑固者故あるいは不調に終わることも覚悟せねばなりませぬ。浜名が謀略出来たとしても次には気賀の新田が待ち受けて居りましょう。浜名も新田もそれぞれ兵は五百……」

「ものの数では無かろう」

「三河守様、甘く見てはなりませぬぞ。たとえ五百の兵といえども必死の抵抗をされれば味方の犠牲も多くなります。兵はなるべく温存致さねばなりませぬ」

「その通りだ。浜名と新田にも謀略の使いを出し、所領安堵で味方に引き入れよう。その上で、もし浜名と新田が当方になびかなかったならば……」

「その場合は更に北側の黄楊野から陣座峠を越えて遠江地頭井伊家の領内を通過する路もございます」

「井伊領か。桶狭間で戦死はされたが井伊直盛殿とはあの時同道であった。実はな、新八郎、拙者の奥は、その母親が井伊家の出でな、つまる処、拙者と井伊家とは薄いながらも縁がある」

「と申されますと……？」

「拙者の奥の瀬名は、今川家の重臣の娘であるが、その母親という者は井伊家より人質として今川家へ差し出されていた女であったのだ。その女が瀬名家へ下しおかれて生まれたのが拙者の奥という次第なのだ」

「すると、奥方様の母御様は……」

「左様、井伊直平殿の娘ということになる」

「これは存じませぬでした。ならば好都合、井伊家を謀略致しましょう」

「そうしてくれ」

「拙者の縁者に菅沼次郎右衛門と申す者が居ります。この男は今、井伊家の寄子として働いております。この男を仲立ちとして謀略させましょう」

「そうか。所領安堵状はいつでも、いくらでも出そう。そうだ、事成ったあかつきには見渡す限り一望の遠州一円を次郎右衛門に与えてもよいぞ」

「それは与え過ぎでございます」

「やはりそうか。拙者は既に事成った気分になって、大判振る舞いを致してしまったようだ」

「その通りでございます。されど次郎右衛門はまだ年若で力もそれ程無ければ、更に与力する者を集めねばならぬと存じます」

「誰か心当たりはあるのか」

「次郎右衛門の親類に、鈴木三郎太夫、近藤平右衛門なる者がおり、力も持っております。それぞれ三百から五百程の兵力を蓄えております」

「嬉しい数だ」

「この三人を味方に引き入れることが出来たなれば、三河守様が遠州へ進出されるに格好の路を確保出来ることと思います」

「起請文を与えよう。

遠州一円をその三人衆に宛てがおう。それでどうか」

「過分にございます」

「一度その三人と逢ってみたい」

「直ちに使いを出しましょう」

「頼むぞ。

それにつけても遠州は広いぞ。

見ろ、あの三方ヶ原の果てしもない広がりを。

見ろ、浜名の海のあの青さを。

見ろ、怒濤逆巻くあの遠州灘を。

我らの行く手は洋々だぞ」

家康は一望した遠江の展望をまな裏に刻みつけると、轡を返して岡崎へ戻った。

徳川と織田信長との同盟により三河以東の守りは家康に任せられている。家康は国内で蜂起した一向一揆をようやく鎮め、今は己の眼を国外へ向ける余裕が出来ていた。三河以東には、落日の輝きながら駿河守護今川家が遠州一帯に城と砦を構えて織田、徳川の侵攻に備えている。その北には戦巧者と噂の高い武田信玄が辺りを睥睨するばかりに居座っている。箱根の峠の前後には後北条が守りを固めている。

家康は多米の峠の頂上から、野田城主菅沼新八郎定盈など少数の家臣達とその景色を眺めたが、東方に一望出来る展開は山の多い三河とは一変して無限の広がりを見せているように見えた。それは、これからの家康の無限の可能性を暗示してさえいるように、胸高鳴る想いを家康に起こさしめていた。眼下には浜名の湖が霞立つばかりに広がり、その遙か東方には、遠望ながら、遠州三方ヶ原の大台地が広々と翼を広げている。家康は高鳴る胸をなすがままに任せて、己の可能性に賭けるばかりの大声で、

「遠州を攻めるぞ！」

と叫んだのであった。この時、家康は二十七歳である。そしてあまりにも広々と広がる景色を前にしては、手の付け所の無さに自信も無げな質問を新八郎に向けたのであった。

家康は試みに酒井左衛門尉に命じて本坂峠を越えさせてみた。案の定、浜名肥前の鉄砲玉の出迎えを受け、酒井は這々の体で三河へ引き返した。

「本坂越えは危のうござります」

という酒井の報告を聞いて家康は、

「ならば陣座峠を行こう」

と決断した。陣座峠の先は井伊領である処から家康は、近藤、鈴木、菅沼の井伊谷の三人衆に道案内と井伊家の謀略を命じた。

二、小野但馬守

井伊谷三人衆の一人、石見守《いわみのかみ》・近藤平右衛門康用は井伊家家老・但馬守・小野源兵衛道好とは刎頸の友であった。井伊家謀略には平右衛門が当たった。

季節は遅い秋に入っていた。昨日まで生暖かな小春日が続いていたが、それはやはり木枯らしがやってくる前触れであったようだ。風が出てきた。その風は夜に入って思わぬ大風となって、ふだんは穏やかな山間《やまあい》の井伊の里の、晩秋とはいえその深々とした木々の梢を波立たせ、家々の軒先を一尺ほども圧し下げて里人達を萎縮させていた。人々は囲炉裏の火をかき寄せてじっと風の過ぎゆくのを待っていた。

近藤平右衛門がその風を押して、刎頸の友であり井伊家家老の小野源兵衛の屋敷を訪れて、欅造りとはいえその質素な門の戸を叩いても、庭の傍らの竹群の泡立つ音や、松の高枝の打ち騒ぐ音にかき消されて但馬には届かない有様であった。その風音のわずかの切れ目に、平右衛門が大声で呼びかけた。

「いるか……」

やっと源兵衛も気がついたらしく門口まで姿を現し、

「おう……」

平右衛門を招じ入れた。

いつもならば二人は格別のあいさつを交わすこともなく、そこから歓談に入るのだが、今夜はその雰囲気にならなかったのは風のせいばかりではなかったろう。家老とはいっても、さして家は広くはない。奥座敷への廊下も歩数を要しない。にもかかわらず二人は座敷へ通るのももどかしげに、二言三言のやり取りのあと大声の怒鳴り合いとなった。

「源兵衛、考え直せ！　それがこの乱世を生き抜ける道だぞ」

言いつつ平右衛門は、今夜ここへ来た第一番の用件を吐き出し、源兵衛の首を摑み掛からんばかりににじり寄った。これまでの何度かの訪れで平右衛門の用件は源兵衛には分かっていた。そしてそれに対する源兵衛の返答もすでに決まっていた。

「俺は平右衛門のようには器用には動けぬ」

そういう源兵衛の言葉も決してうそぶいただけではなかったのであろうが、平右衛門にはあるいはそのように聞こえていた。そしてそれに追い打ちするように、

「俺は、愚直な生き方しか出来ぬ人間と言われても……、それしか出来ぬからなぁ」

と、しおれかかる源兵衛の言葉を聞くと、平右衛門は手を離して座り込んだ。『愚直』と源

兵衛が自ら発した言葉は、一本筋の通った重みを持って平右衛門の体を沈めた。

　今遠州で吹き荒れている忩劇の真中《まなか》にあって二人は意見を異にして、互いを気遣いつつも立場を別としなければならなかった。この日、平右衛門は源兵衛に対して、今川と絶《た》って徳川に合力することを説得に来たのである。その平右衛門の説得に対して、普段は寡黙で口数の少ない源兵衛が、めずらしく声を大きくして反問した。

「何故世の中が今まで通りであってはいけないのか」

　今まで通りとは、未だ海のものとも山のものとも知れぬ徳川に与力するよりは、今川家の支配を従前通りに受けることの意で、一見保守的には見えるが、郷内を波穏やかに治める上での源兵衛の一貫した姿勢であった。

　寡黙な源兵衛にくらべて、時勢の変化に敏感な平右衛門は、そのはっきりとした表情を持つ黒目を闊達に動かしながら反論した。

「俺は今、世が変わるのではないかと予想している」

　源兵衛が言った。

「俺は、変わらないように願っている」

　性格が対極であったこの二人が子供の頃から長い間友人で来られたのは、源兵衛の寡黙を平右衛門の闊達がおぎない、平右衛門の出過ぎを源兵衛の慎重さが抑えて来たからであったろう。だが議論は時に平行線を辿る。平右衛門が、世が変化を望んでいると言えば、望まない者もいると源兵衛がぽつりと答える。そして、世が変われば物事が良くなるかも知れぬ幻想は、退屈しのぎにはあつらえ向きだが、その弄びには迷惑が付きまとうと加えた。明日が今日と変わらないということは、日々、世の中に取り残されて行くということではなく、むしろ変わらないということの方が難しいことであり、変えないことは混沌がまかり通る世にあっては、人間としてやり甲斐があることにさえ思える。その為には何もしないということではなく、精一杯の努力をするということだ、とも言った。また、先のことは神でも仏でもない者には見通すことは出来ぬ。先が見えぬ時には風が治まるまで静かに、そうだ、この井伊の里を朝晩見守ってくれているあの三岳山のように、どっしりと動かぬことも一つの方策だ、とも加えた。平右衛門は、源兵衛がこの井伊郷を荒波から守るために命がけの仕事をして来たことを認めた上で、だが、変わるか変わらぬか、変えるべきか変えざるべきかの判断は、時に応じ機に臨んで的確にしなければならぬと言った。そして世の大きなうねりは力強く押し寄せて、時の勢いはどう止めようもない、と加えた。

二人の間に沈黙が流れた。

源兵衛が口を開いた。

「平右衛門、俺はお前のその自在な心が羨ましい。世の流れに逆らわず、今を素早く見極め、流れに乗ってこの乱世を泳ぎ切る前向きの姿勢は、俺から見れば見事としか言いようがない」

「貶《けな》しているのか」

「誉めているのだ。俺はお前に対して心開かぬのではないぞ。この世に対して意地を張りたいのだ。恩義も義理も襤褸《らんる》のように捨て去り、利のある方へあっさりと傾く人の心が悔しいのだ」

「俺のことを言っているのか」

「お前とは言っていない。世の中の趨勢を言っているのだ」

「だが、人というものは所詮、利のために動くのと違うか」

「その通りだろう。だが利だけでは動かぬ人間があったとしても、それなりの存在価値があるだろう」

「お前は今川家に殉ずる気か」

「殉ずるとはおかしな言い方だ。何もって今川が滅亡すると言うのか」

「永禄三年の桶狭間合戦以来、今川家はすでに虫食いの状態だ。このままではそう長くはないことは誰の目にも明らかだ」

「俺は御当主祐圓尼・直虎様のことを考えている。その母君の祐椿尼様は今川の身内からこの井伊谷に輿入れされた。そのお子の直虎様にもわずかながら今川の血が流れておられる。とすれば、ここで徳川に寝返ることは、直虎様を裏切ることになる。それは俺にはなんとしても心苦しいことなのだ」

　源兵衛は続ける。

「そして世の勢いは、というよりこの井伊郷内の世論は、徳川殿に傾きかけていることも知っている。その時の変化に便上しようとする者も多い。そのような世なればこそ、俺はお家大切と考えている。俺は、古いのかも知れぬが」

二人の性格の違いは花の話にも現れた。酒席で花談義に及び、梅の花と桜の花とではどちらが好ましいか、となった時、平右衛門は迷わず「桜」と答えた。現実的で、ある種の楽天主義の平右衛門にしてみれば当然の答えであった。源兵衛は少し間をおいて、

「梅かなぁ」

ぽつりと言った。平右衛門に対してあえて逆らったつもりではなかったのであろうが、平右衛門の予想とは異なった意外な答えに、平右衛門は、

「何故だ……」

と聞き返した。源兵衛は、

「まだ身が引き締まるような寒気に耐えて、一月近くも花を見せてくれるいじらしさが梅にはある」

と言った。

「桜には無いか……？」

「桜は咲くまでの楽しさだ。花が咲いてしまえばすべてが終わりという感じがする。豪華ではあるが太く短い。梅には細くとも長くと願う想いが感じられる」

「そういうものか……。西行法師が、きさらぎの望月の頃に花の下で死にたいと言ったそうだが、その花は桜だと言われているぞ」

「そういうことになっているらしいが、梅であっても可笑しくない」

「いや、ここは絶対に桜でなければ駄目だ。西行桜という言葉もある程に」

「そんなことはない。西行法師にはむしろ梅のほうが似合う。そう思わぬか」

「桜でなければ絵にならぬ」

「梅であっても絵にはなる」

さて、源兵衛は、この遠州にとっては侵略者である家康について平右衛門に質問した。

「平右衛門は三河の若造に賭けたようだが、俺から見れば海のものとも山のものとも分からぬ男にしか見えぬ。家康という男は今年幾つになる？」

「二十七歳」

「若いな」

「織田信長殿が桶狭間合戦をされたのが二十七歳、徳川殿もこれから売り出す男盛り、まんざらの世間知らずとも思えぬ。苦労はしてきている」

「家康は何故この遠州を窺うのか？」

「攻めねば攻められる。

甲斐の武田信玄殿が南下を目指して駿河の今川殿の攻略を計っている。武田殿が次に目指すのは遠江、三河だ。織田殿はその武田殿の南下・西上を食い止める為に家康殿に東の守りを命じられた。それがこの遠州進攻だ。攻めることは最大の守りということだ。

武田殿の南下・西上は絶対に食い止めねばならぬ。それが遠州武士達がこの乱世を生き延びる手段だ」

平行線を辿ったまま二人の意見は遂に噛み合うことはなかった。互いを気遣いつつも二人は訣別を余儀なくされたが、長年育て上げてきた友情に傷がつくことはなかったのをあらためて噛みしめた。むしろそれが深まったことさえ感じただろう。

だが、「忸怩たる思い」という言葉はこの時の平右衛門の為に用意されたものであったかも知れない。源兵衛の前では口にこそ出さなかったが、実は平右衛門の懐には既に家康からの約束状が取り付けられてあった。それには、家康の今度の遠州への侵攻にあたって馳せ走ってくれていることは家康の本望とする処であり、それに対しての宛行のことは、梵天、帝釈、四大天王、富士、白山、日本中の神々に誓って違約あるまじく、もし不履行の場合は神罰を蒙るものとしてあった。さらにその忠節に対する出置知行として具体的に次のように約束されていた。

一、井伊谷跡職　新地本地一圓出置事

一、二俣跡職一圓　五百貫文之事

その他、遠州での宛行地が事細かに約束されていた。井伊家の本貫地を井伊谷三人衆に与えようという約束は、この時の家康の差し迫った状況からは致し方ないことであったかも知れない。

そして、二十七歳の青年武将徳川家康は目論見通り三河から遠江へ侵攻した。

家康は平右衛門達井伊谷三人衆を先導させて三州瓶割峠、柘植野から陣座峠を越えて奥山方広寺を経て井伊領を窺った。井伊家中は国論が二つに分かれた。従前通りに今川の傘下に納まろうという者、海のものとも山のものとも分からぬが、ここは元気のいい徳川に与力しようという者、当主である祐圓尼・直虎自身もその態度を明確にしてはいなかった。それは南渓和尚も同じであった。どのような選択を採るべきか、その賽の目の出方を占う間も無いほどに徳川軍の進攻は早かった。気がつけば井伊城の城門前には葵の旗が立ち並んでいた。小野源兵衛は、すべてが後手に回った口惜しさと、あまりにも早い徳川軍の進撃に唇を噛んだ。

「祐圓様、なにはさておき、ここを逃れられて龍潭寺までお忍び下されまし。事後のことは拙者が計りましょうぞ」

「但馬、事ここに至っては、時の勢いに従う他はありませぬ。私は城を抜ける訳には参りませぬ。門を開いて下さい。但馬は、徳川殿に与力をしないことを表明していた者達をまとめて外へ逃がすお役目を、その他の者達は兜を脱いで恭順するように、徳川殿とて手向かわぬ者共には手荒なことは致しますまい。但馬、早く虎口へ。

　誰かある、大手門をお開け下され」

　祐圓尼・直虎の大声にいざなわれて大手門が開け放たれた。直虎は開けられた門の中央に立った。若い尼僧姿を見付けて、城門を取り囲んだ徳川軍にどよめきが走った。直虎は一礼して徳川軍を迎え入れた。先頭に進み出たのは近藤平右衛門であった。平右衛門は直虎の前でひざまずいた。

「祐圓尼様、申し訳なき次第と相成りました。徳川殿はこの井伊家に対して何の遺恨もございませぬ。遠州曳馬（浜松）へ向かうに道をお譲り戴きたいだけでございます。何卒我らの通過をお許し下さりませ」

　丁重な物言いではあったが、後へ退かぬ強さであった。

直虎は平右衛門に手を上げるように言い、

「石見守、ご苦労であります。我らはこれより城を退出致します。その後、この井伊領をお通り召さるは勝手次第、恭順の者共には手出しご無用に願います」

石見守の目を見据えながら、懇願の意を覚られぬように、毅然と言い放った。

「相分かり申しました。必ずや徳川殿もその御意に背かぬよう計らいましょう」

平右衛門は直虎達が龍潭寺へ引き揚げるのを見届けると、徳川軍を先導して井伊城へ納まった。小野但馬など親今川、反徳川勢力は、各所で散発的に抵抗はしたが、やがて一掃された。徳川軍は井の国を通過して疾風のように曳馬（浜松）へ向かい、井伊城へは井伊家が去ったあと、井伊谷三人衆が納まった。ここにおいて五百年の地頭職を誇った井伊家は事実上の壊滅をした。


井伊城落城の混乱の中、平右衛門は源兵衛の姿を求めたが足がかりはつかめなかった。どのような戦乱のさなかにあっても、四季の移り変わりは律儀にやって来る。草は萌えて、花はその存在を主張しているかのように咲き競う。その花も梅から桜へ、そして躑躅へと咲き変わって、浜名湖岸一帯は陽光がまぶしい季節を迎えようとしていた。

遠州へ侵攻した家康は抵抗勢力を鎮撫する戦いを各地で繰り広げていた。平右衛門はその遠州堀江城攻めに従軍していた。堀江城は浜名湖のほとりに建つ水辺の城。城主・大澤左衛門尉基胤は今川家への忠義を立てて家康軍と一戦に及んでいた。この戦で井伊谷三人衆の一人・鈴木三郎太夫は戦死し、平右衛門も鉄砲傷を受けてしばしの休養を強いられていた。

　戦線膠着の間、近くの農家の一室での休養に、思いもかけずにつれづれの時が平右衛門にもたらされた。縁側より眺めた先日芽生えたと思った小さな草が、昨日は三寸ばかりに伸びて、今日は黄色の花を咲かせている。平右衛門は人間社会の争乱をよそに、競って咲く花を無心にそして飽かずに眺めていた。戦乱の世にあって、花を眺めるなど何年振りのことであろうかと思ってみたが、いや、生まれて初めてのことではなかったかと、名さえ知らない花を前に、とうに不惑を過ぎた自分をかえりみて苦笑した。その花のかたちが溶けて、平右衛門は何時しかうたた寝に入っていた。現実とまどろみの間を行き来するうちに、脳の奥底に隠されていた少年の頃の記憶が蘇ったような気がした。夢を見たのに違いない。山野を遊び惚けていた少年の頃の一場面があった。

　うたた寝から覚めてその場面を現実の中にもう一度再現してみた。子供の頃の春の日、源兵衛達と日の暮れるのを忘れて山歩きをした記憶はすっかり忘却の霧の中にあったが、夢の中には鮮明に映像として再現されていた。

「そうであったか……」

　平右衛門は合点した。源兵衛が数カ月も身を隠すことが出来るのはあの場所しかないことを確信した。春という気怠い雰囲気と、甘えかかるような切ない花の匂いがそれを想い出させたに違いない。少年の日、胸ときめかせながら遊んだ瀧澤村の風穴《かざあな》が蘇った。山間《やまあい》の、谷間《たにあい》の、難路の果ての隠れ里にあった。

「源兵衛が身を隠すとしたらあそこしかない」

平右衛門はやっと源兵衛の隠れ里を推定した。一日、瀧澤村まで四里の道を一人で馬を曳いた。ここを訪れるのは何十年振りのことであろうか。成人して以来、戦に明け暮れる日々であってみれば、とんと足を向けたことがない秘所であった。風穴は深く、暗く、冷たく、奥の方から風がわずかに流れてくるが、それも気を付けていなければ感じないほどである。洞穴に入った平右衛門はその空気の流れの中で、かびの匂いでもなく水の匂いでもなく、かすかな人間の匂いを嗅いだような気がした。そして次の瞬間それは人の気配となって平右衛門の後ろに立ちはだかった。平右衛門は腰を払って振り向いた。洞穴の入り口に逆光となって佇立している人間を源兵衛と見分けるのに時間は掛からなかった。

「源兵衛……、生きていたか……」

その声が終わらぬうちに、

「やはり来たか」

寡黙な源兵衛が、まるで待ってでもいたかのように髭面に笑顔をたたえて平右衛門を抱きかかえた。

「やはりここであったか」

平右衛門も源兵衛の肩を抱き背を叩いて再会を喜び合った。そして自分の推理が正しかったことに満足した。

「源兵衛が身を隠すのはここしか無いと思った。子供の頃、ここで遊んだことを思い出したからな」

「平右衛門ならきっとここを探し当てると思っていた」

戦場で、仲の良かった友人同士が不幸にして敵として相まみえなければならないとしたならば、彼等はどのように戦えば良いのであろうか。互いに形ばかりの槍合わせをして、頃合いを見計らって逃散するもよし、親しさを憎しみに変えてとことん戦うもよし、場所柄も顧みず手を取り合うもよい。そして二人は久しぶりの邂逅に会話も弾んで、どちらともなく、堰を切ったように息もつかせずにしゃべり出した。

平右衛門が、

「どのようにしてここまで逃げ果《おお》せた？」

息弾ませて訊ねた。源兵衛は笑顔を見せながら、それでも危機一髪であった当時を語った。

「俺は三岳山へ逃げ込んだが、あそこも危うくなって尾根伝いにここまで来た。さすがに徳川勢も追っては来られなかったようだ。尾根道は難所だからな」

「そうか、あの道へ逃げたか。俺には雲隠れしたとしか思えなかった」

話が一段落したところで平右衛門は言ってみた。

「どうだ、そろそろ城へ戻らぬか？」

だが平右衛門がここへ来たのは源兵衛を連れ戻す為ではなく、安否を確認する為であった。源兵衛が城へ戻れば過酷な処分が待っているのは明らかである。源兵衛もそのあたりのことは承知している筈である。

「考えてはいる。だが俺はこの隠れ里で、俺の一生の内で最も心の平安の時を持つことが出来た。人と争わず、敵ともまみえず、修羅の血煙見ることなく、月こそ友の良き時であった」

そう言いながら敵である徳川勢の様子を訊ねた。

「徳川殿は如何している？」

「大澤殿の堀江城を攻めておられる。程なく開城らしい。今川殿も駿府を武田信玄殿に追われて、掛川城へ逃げ込まれた。徳川殿もその掛川城を攻めておられる」

「氏真殿が駿府を追われて掛川へ？

なんとしたことだ」

源兵衛は一つの時代が音を立てて崩れていくのを知って、全てが終わったことを認めざるを得ない有様であった。本来、今川家は武田家と姻戚関係にあり同盟していた筈である。今川家が弱体化したと見れば、情け容赦もなく侵略する今の世の荒涼とした人の心に、源兵衛は、分かってはいたことながら、暗然とした気分に落ち込んだ。

平右衛門はこれまでに源兵衛を説得出来なかったことを悔やんだ。

「今となっては言うも口惜しいが、お前も敗軍の中の一人となってしまった。俺の言うことを聞いていれば、こんな結果にはならなかったと思うと残念で仕方がない」

平右衛門はむしろ自分を責めた。源兵衛は、

「それは結果のことだ。我等も負けると思って戦をしたのではないからな」

そう言いながらも平右衛門が乗ってきた馬にひらりと飛び乗り、

「お城へ戻ろう」

馬上から平右衛門に手を差し伸べた。

「源兵衛、それでいいのだな？」

平右衛門は源兵衛の顔を見つめながら念を押した。平右衛門の心中には、その馬を駆ってそのまま いずこなりとも走り去っても良いのだぞ、という想いが込み上げていた。源兵衛を逃がす機会は今しかないことを、平右衛門は追いつめられたような切迫感で感じていた。

〈逃げろ……〉

とは言わなかった。いや、言えなかった。だが源兵衛には分かっている筈だ。今、馬の尻に平右衛門の手で一鞭くれれば、このまま馬は平右衛門の目前から消え去ることが出来ることを。だが源兵衛は笑顔で平右衛門の好意を拒絶した。二百年の歴史を誇る今川家がすでに駿府を落去して、掛川城に閉じこめられた状態を聞いて、源兵衛はこれ以上の今川家への忠義立てはもはや無意味と観念せざるを得なかったのであろう。源兵衛の顔には既に恭順帰城の意志が固まっていることが認められた。

「さあ……」

源兵衛は笑顔を浮かべながら差し伸べた手で平右衛門の騎乗を催促した。平右衛門は源兵衛の手をとった。子供の頃もこのような温もりであったろうか。その記憶は遠く去っていたが、変わる筈はなかろう。それはおそらく源兵衛も感じたことであろう。そして源兵衛が引き上げる強い力を腕に感じながら平右衛門は源兵衛の後ろに飛び乗った。二人は同じ馬の背に前後に並んで乗り、帰路についた。日が西に傾き、谷間には夕暮れが迫っていたが、その夕暮れが二人に少年の頃を呼び寄せた。

「想い出したぞ。子供の頃、黄昏《たそがれ》時にこの辺りで道に迷ったことを……」

平右衛門がつぶやいた。

「俺もそのことを想っていた」

源兵衛もうなずいた。

「源兵衛が行こうとした道と、俺が行こうとした道が全く別であったから喧嘩になった。どの道が本当の道であったのだろうか」

「分からぬ。お互いに譲らなかったな。だから迷った。どの道でも確信を持って歩いて行けば、それが正しい道であったのであろう。だからどちらの道でも良かったのだ。その時には先が見えないから、誰でも不安を感じ、迷い心が生じるのだろう。道を違えたといっても、遠回りになることを覚悟すれば目的地へは着けぬことはない。だが、人はそれを恐れ嫌う。だから迷う」

「我々凡愚には所詮無理なことだ」

二人の意見がようやくに一致した。長い道のりであったと、二人は顔を見合わせて大笑した。馬の背に揺られながら平右衛門は、これがあの夢の続きであったなれば、どんなにか心安まるものであろうかと悔やんだ。城へ戻った源兵衛にどのような処分が下されるのか、おおよその推測がついているからである。もし過酷な処分が待ち受けているのであれば、いっそこのまま源兵衛を逃がしてやるべきであろう。

そんな平右衛門の心中が見通せたのか源兵衛は、

「俺達が子供の頃に遊んだこの隠れ里を、お主が覚えていてくれたことが、俺は何よりも嬉しかったぞ」

そう言いつつ、

「お主が迎えに来なくとも俺は城へ帰るつもりであった」

と平右衛門を慰めた。

徳川家康は曳馬城（浜松城）で、

「左衛門尉、井伊谷からこんなこと言ってきとる。左衛門尉に任せる」

酒井忠次にその書状を手渡しながら言った。

「拝見」

忠次はそれに目を通した。その書状は、近藤平右衛門から、

「己の手柄とひき替えに小野但馬守の助命を願い上げる」

という上申書であった。

「如何いたしましょうか」

「だから任せる」

家康は荷を預けた。忠次は間髪を入れずに答えた。

「分かりました。斬りましょう」

そのあまりにも早い反応に家康のほうが戸惑った。

「斬るのか？」

「逆らった者を許すことは今後のためになりませぬ。この遠州のやからの中には未だに我等に心服しない者達が多いのです。見せしめの為にも断固とした処置が当然です」

「そうか……。そうだな……。

右筆、書きとめよ」

そう言うと家康は文言を考えながら右筆に伝えた。右筆がそれを浄書して家康に手渡すと、家康はさっと目を通して署名書き判をした。そして曳馬城の家康から井伊城の近藤平右衛門へ残酷な下知が届けられた。

小野但馬事　今度就遠州発向
手向候事　許宥有間敷候付
急度成敗仕置申付候条如件
　永禄己巳年　四月日
　　　　　　　　　　家康花押
近　石見守　参

すなわち「小野但馬守を処刑せよ」というものであった。おおよその予想はしていたが、平右衛門はその厳しさにあらためて世の流れを噛みしめた。これまでいやしくも井伊一国を支え、家老としてこの困難な時代の舵取りをしてきた人間に与えられた評価が「斬首」というのは、この遠州の支配者が今川家から徳川家に変わったというだけで、人への評価が雪から炭ほども逆転してよいものかとの想いが平右衛門に生じた。だが時の勢いには従わざるを得ないことも現実のこととして充分に承知していた。平右衛門はこの残酷な伝達を、その処刑の直前まで源兵衛には告げずにいることに決めた。そしてその執行は余人には任せず、平右衛門自身の手で行いたいと思った。

一夜、井伊城内の牢に繋がれている源兵衛を平右衛門は酒を持って訪れた。牢の外から声を掛けた。

「いるか」

「おう」

姿もさだかには分からぬ暗い牢内から返事だけが返ってきた。

「入るぞ」

そう言うと平右衛門は錠を外して狭い入り口から身をかがめながら牢内へ足を入れた。平右衛門が手にした燭台によって牢内は明るくなったが、その光は牢格子に反射して外界を断絶し、平右衛門と源兵衛との二人だけの世界を作り出した。錠を外した入り口の扉は開かれたままであった。それがわずかに外界との接点とはなっていたが、それはまた底知れぬ闇へとつながっているようにも見えた。何故、扉が開かれたままであるのかと源兵衛が不審顔をしたが、それが平右衛門の気遣いと分かったらしく、

「よく来てくれた」

その訪問をねぎらった。

「不自由はないか」

平右衛門が尋ねたが、言ってしまってから自笑して、

「不自由は当然だったな」

と取り消した。

「酒を持ってきた。一杯やろう」

そう言いながら平右衛門はふところから椀を二つ取り出し瓶子から酒を注いだ。

「郷内の様子はどうだ？」

一番気にかかっていることを源兵衛は尋ねた。平右衛門はさりげなく答えた。

「だいぶん落ち着いて来た。都田川の水かさも平年並みで堰堤《えんてい》決壊のおそれはあるまい。苗代も順調だ」

そんなことよりも、源兵衛には井伊郷内の政治情勢が気がかりなことは平右衛門は百も承知していた。それに触れれば「処刑」のことも話さなければならなくなるだろう。

「三岳山でな、今年は猪が沢山捕れるそうだ。徳川殿の兵卒達が面白半分に猪狩りをしている」

「徳川殿の……？」

言ってしまってから平右衛門は口を滑らしたことを気にした。徳川の兵達がすでに郷内に充満していることを言ったことになる。このような時、何を話題に乗せたら良いのだろうか。気まずい時ばかりが過ぎていくように平右衛門には感じられた。

「龍潭寺の和尚に会ったか」

平右衛門は話題をつくろった。

「一別以来お会いしてない」

「直虎様とは……？」

「お会いしていない」

源兵衛は顔を上げ、遠くを見るように目の焦点をぼかした。その顔には表しようのない寂しさが漂っていた。直虎を口にしたことを平右衛門はまた悔やんだ。

「僧形《そうぎょう》とはいえ、祐圓尼・直虎様は今でもお美しい。お前は果報者だぞ。あのようなお方にお仕えすることが出来て……」

「そういう幸せというものも、あるものなのだなあ」

「当たり前だ。俺などはあのお方の前へ出ると、まぶしくて顔も上げられぬ」

「平右衛門らしくもない。祐圓尼様は今でも俺を恨んでおられるのであろうな」

今度の徳川の進攻に、井伊家家老として反対の立場を採り、結果として井伊家を壊滅の危機におとしいれてしまったことに、源兵衛は慚愧の想いを吐き出した。それがあの時には、立場上致し方の無いことであったとは、二人には分かっていることではあったが。源兵衛の直虎に対するもう一つの慚愧は、昨年、徳政令の実施のことで直虎と意見の対立があったことであった。

永禄年間になって、この遠州で合戦が相次ぎ、下級武士の中にはその費用捻出のための借財が膨らみ疲弊していた。また、天候の不順が続き百姓達は年貢段銭にもこと欠く状態が起きていた。そして徳政の要求が沸々として沸き上がっていた。徳政は借金の棒引きであり、金主側からは当然に受け入れられない事態であった。この時、源兵衛は下級武士、百姓側にたって徳政の実施を井伊家の当主である祐圓尼・直虎に進言した。井伊家の財政基盤を担う金主側と、下級武士、百姓達との板挟みにあって、徳政を実施すべきか直虎の苦悩が続いた。徳政の実施による金主側の困惑は井伊家の存続にも影響を与える。また、それ以上に下層領民の疲弊は郷内の士気を阻喪させる。直虎の眠れぬ日々が重なる中で、源兵衛の調停が続いた。立場こそ異なれ直虎の苦悩はそのまま源兵衛の苦悩でもあった。主家である直虎を向こうに回しての調停は、源兵衛にとって苦い日々であった。ねばり強い二年の交渉の結果、ようやくに徳政令が発布された。その時、直虎がしみじみとつぶやいた言葉を源兵衛は終生忘れることが出来ない。

「但馬、貴方は井伊家には惜しいお人ですね」

それは女の細腕で精一杯井伊家を支えてきた張りつめた心が、一瞬緩んだ時に思わず漏れた直虎の真情であり、初めて言葉となった但馬への畏敬、そしていたわりであった。

まだ半分ほどの酒が瓶子に残っていた。平右衛門は、これが源兵衛と過ごす最後の夜であろうことを思うと、これ以上ここにとどまっていることは苦痛でしかなかった。半分の酒をそこに残して平右衛門は牢を後にした。

翌日、平右衛門は牢内の源兵衛を誘った。

「三岳山でも眺めに外へ出ぬか」

その誘いの声を聞くと源兵衛は、けげんな顔をした。外へ出ても良いのか？　と言った顔つきであった。

「たまには外の気でも吸おう」

言いながら平右衛門は牢の錠を外した。源兵衛の中に、「もしや……」と思う心が生じたとしても不思議ではないその場の空気であった。牢の結界口で一瞬立ち止まって足を進めるのをためらった源兵衛は、大きく息を吸うと意を決したように身をかがめて一歩外へ踏み出した。牢の外へ出て顔を上げると平右衛門と目が合った。その目を平右衛門は外した。平右衛門が目を外したことにより、これから何が起ころうとしているのか源兵衛には大凡の察しがついたようであった。

井の国の何処からでも三岳山（四六七メートル）が朝夕その色合いを変える姿が眺められる。平右衛門は牢内から源兵衛を連れ出すと、寄り添うように肩を並べながら三岳山の麓を流れる井伊谷《いいのや》川原へ誘った。川原までの数丁の道のりの間で、平右衛門はこれから為さねばならないことをどのようにして源兵衛に伝えたら良いのであろうかと苦しんでいた。その苦悩は当然ながら顔に現れた。平右衛門がそれを隠そうとすればするほど、平右衛門の顔は歪んで行った。その顔を源兵衛に見せまいと、平右衛門は押し黙るしかなかった。

その途中、平右衛門の家士十人ばかりが後ろに加わった。一瞬、源兵衛は身を止めた。その瞬間、源兵衛は、平右衛門から伝えられるまでもなく、すべてを覚ったようであった。

「やはりそうであったのか。平右衛門、世話をかけるな……」

それには平右衛門は答えずに黙々と歩を進めた。川原に降りると家士の一人が小石ばかりの川原の上にむしろを敷いた。

源兵衛は、

「人間だれでも、今日が『ついの日』であったとは考えたくないであろう。それを気遣ってくれた平右衛門には礼を述べる」

そう言いながらむしろの上に端座した。そして、

「切腹か？　それとも打ち首か？」

空《くう》を見つめながら源兵衛が訊ねた。ためらった後、平右衛門が口を切った。

「徳川殿は処刑を命じられた」

「そうか、どちらでも構わぬ。遠慮はいらぬぞ」

「源兵衛、すまぬ」

そこまで言うと平右衛門は言葉に詰まった。しばらくあってようやくに口を開いた。

「長い間の付き合いを有り難く思うぞ」

それを聞くと源兵衛は精一杯に、笑顔にならない笑みを口元に浮かべて答えた。

「それはこちらが言う言葉だ。あらためて礼を言う」

「言い残す言葉はないか？」

「此の期に及んであろう筈もない。頼み事が一つだけある」

「なんだ？」

「おれの墓に余人の経はいらぬ。祐圓尼様だけに読経を頼みたい」

「相分かった」

二人の間の最後の会話が終わると、平右衛門は刀を抜いた。瞑目した源兵衛が首を前に傾けた。構えた平右衛門の足が小刻みに震え、青ざめた顔色が紫色に変わった。振り上げた刀がその行き先を決めかねているように大きく揺れた。井伊谷川原の時が止まってしまったかと思われる一瞬、平右衛門の側に控えていた息子の登之助《のぼりのすけ》が、

「父上、お気を確かに……！」

ひきつった声を上げた。それを聞いたとたん、平右衛門が大声で怒鳴り返した。

「馬鹿者！　気が確かだから斬れぬのだ！」

止まった時が動き出したのは登之助の一言からであった。

「私が代わります……！」

登之助が叫ぶと父親の平右衛門から刀を取り上げ、源兵衛の後ろへ回った。自失した平右衛門の眼の前を血しぶきが舞うと、平右衛門はわなわなとその場に崩れ込み、激しい慟哭に身を

任せた。

「可哀相だなぁ……源兵衛……。お主の何処に咎《とが》があったというのだ……」

永禄十二年四月七日であった。

三、椿御前

龍潭寺の中は井伊城をここに移したばかりの混雑であったが、人々の顔は沈痛そのものであった。徳川軍の侵攻を受けて井伊家の家臣団は内部分裂を起こし、徳川に与力した者達は城に居座り、井伊家当主たる祐圓尼・直虎達は城を追われて龍潭寺に逼塞していた。これが乱世といわれる世の姿であることを、落城という現実であることを、直虎は今こそ心の底から味わった。口惜しさも情けなさも、惚けるような頭の中には浮かぶすべさえなく、ただぼんやりと前庭の木立を眺めるばかりであった。井伊家のために最期まで働いてくれた家臣達を思い、井伊家を見捨てて徳川に走った家臣達を思っても、不思議と恨みは心中に昇ってこなかった。そうであったかと、二十七歳になった直虎は思い当たることがあった。これは自分が曲がりなりにも禅を修行して来たからではなかろうかと思い、行く雲に流れる水か、とふと禅の効用を思ったりもしてみた。だが、その禅の師匠の南渓和尚が伝えて来た曳馬（浜松）からの噂は直虎に衝撃を走らせた。

南渓が言った。

「曳馬城も遂に徳川殿の手に落ちた。直平殿に毒盛りをされたと噂のある飯尾豊前後室殿が、徳川軍と戦って壮烈な戦死を遂げられたという。曳馬城に比べれば、我が井伊城の落城は穏やかなものであったことよと、今更ながら安堵している。攻めるも守るも、同じ井伊家の者どもであったことが、なによりであったと思うしかないであろう。

井伊家は五百年の地頭職と領地を失ってしまったが、我等も生き残り、家臣達も生き残ったことでよしとしなければならぬ。これからは一から出直さねばならぬ。直虎や虎松にまた苦労を掛けることになりそうじゃ」

「御老師、それはともかく、曳馬城のこと詳しく……」

「井伊谷三人衆の手の者がこの合戦に加わって、その有様を目の当たりにしたという」

南渓が語った子細は次のようであった。


飯尾豊前守連龍は永禄七年、今川家へ叛意ありとして井伊家によって攻められたが、戦の決着は付かず和睦となっていた。だが今川方は豊前の振る舞いに納得せず、豊前の義兄遠州二俣城主松井左衛門尉宗親ともども駿府へ呼び寄せ二人とも誅殺してしまった。そのため曳馬城には今は城主は居らず、家老の江間加賀守、江間安芸守の二人が豊前守後室お田鶴の方を補佐して守りを固めていた。

徳川家康はかねてより江間加賀守に対して諜略の手を伸ばしていた。飯尾家とは夫人を通じた縁がある松平伊忠《これただ》が、地元の郷士後藤太郎左衛門と松下与右衛門を案内として江間加賀守の説得に当たった。一日、江間屋敷にほど近い赤池村の小寺に加賀守を呼び出した伊忠は、飯尾家に対する家康よりの所領安堵状を広げ見せた。「加賀殿、三河守様はこれだけの約定をなされておられる。所領の安堵はもちろん、更なる加増も思いのままだ。よく目を通して戴きたい」

加賀守は書状にちらと目を投じながら言った。

「目を通さずとも承知致しております。拙者の意は先日来申し上げてある通り、徳川殿への与力で固まっております。しかしながら城内の与論は二つに分かれております。武田殿の働きかけが思った以上に激しくござって、家臣どもの心は揺れ動いているのが現状です。その働きの矛先は連龍様ご後室にまで伸びております」

「何、ご後室にまで……」

「左様、武田方の蜜で固めた甘い誘いに、ご後室様の固い心も溶け始めておられるご様子。なにせ武田殿は三国一の弓取り、そして戦上手、弱冠二十七歳の徳川殿とは貫禄の違いを説き伏せられたのでござりましょう。未だ海のものとも山のものとも分からぬ徳川殿に飯尾家の未来を賭けるよりも、すでに大樹となっておられる信玄殿の傘の下に、乱世の雨を避けられようとの決意を固められたものと思われます。

城中の噂によれば、武田殿は既に駿河を我がものとされ、余勢を駆って疾風の勢いでこの遠州を席巻なされようとされておられるとか。一族ながら江間安芸守も武田への与力を強硬に主張致しております」

「江間安芸守が武田方に付いたということはすでに我らにも伝わっている。城中での勢力の割合は……？」

「徳川方が四分に武田が六分といった処でありましょうか」

「まずいな。その反転は叶わぬのか」

「ご後室様のご心中を察すれば、さて如何なものでありましょうか。

ご後室様は三年前に当主を今川家によって誅殺されて、今川殿への恨みは骨髄にしみ込まれております。そしてその原因となったのは、当主が徳川殿に肩入れをしたということであると固く信じておりますれば、徳川殿への恨み言も聞こえて参ります。

信玄殿が、ご後室様が恨みと思う今川殿を放逐なされたことは、ご後室様の胸のつかえを下ろさせたことでござります。城中にはご後室様へ同情する者も多くござれば、与論を徳川になびかせることは、いかに拙者の力を持ってしても、さて如何ともしがたき有様……」

「安芸守をこちらへ取り込めばよいのであろう。一度その安芸守と話がしてみたいが取り次ぎが叶おうか」

「結果はともかく、取り次ぐことは出来ましょう。会って下さるのでござりますか」

「会いたい。こちらの言い分も聞いて貰いたいのだ。会って話せば必ずや意は通じるものだ。実の処、三河守が拙者を使い番とされたのは、拙者の弁舌を信頼されてのこと、交渉ごとなればいささかの自信もござる」

「これはお力強い。では、拙者が安芸守を連れ出して、さて会見の場所は何処がよろしかろうか……」

「目立たぬ処がよい。されば、八幡社のざざんざの松の下」

松平伊忠の意を受けて加賀守は曳馬城内へ引き返した。程なく安芸守と加賀守が幾人かの従者を連れて八幡社の松の下へ現れた。伊忠は大仰な身振りで安芸守を歓迎した。

「これはこれは安芸守殿、折角の御入来、まずもって大儀大儀」

伊忠の歓迎を受けると安芸守は怪訝な顔をした。安芸守は加賀守へ振り返ると、

「これはどういうことだ」

と詰め寄った。

「加賀が、会わせたき人物があるとせき立てた故に来てみたが、これは徳川殿の者ではないのか？」

伊忠はにこやかな顔を造りながら、

「まあまあ、安芸守殿、お見立て通り拙者は深溝《ふこうず》城主の松平伊忠でござる。そとお耳に入れたきことござるによってご足労を煩わし申した。お許しあれ」

安芸守は加賀守と伊忠との顔を交互に見比べながら次第に怒気をあらわにした。

「話が違うではないか、加賀」

加賀守は苦笑いを浮かべながら言い訳をした。

「徳川の者と最初に言えば、安芸守は多分連れ出せないであろうと思った故に黙っていたが、

深溝殿の話を聞かれれば納得されようと、あえて来て貰った。騙した訳ではないからそのことについては謝る」

だが安芸守は更に怒りをつのらせた。

「黙れ加賀！

おぬしが徳川とよしみを通じていることは御後室も痛くご心痛されている。城内の与論も統一しかかっているこの時に、勝手な振る舞いは許さぬぞ」

「勝手な振る舞いとは何事か。拙者はお家の大事と思えばこそ心を砕いているのだ。安芸守の動きこそ勝手な振る舞いと見えるぞ。遙かな山国の甲斐と手を組むよりも、近くの徳川殿とこそ与力すべきではないのか」

言い合う二人の間へ伊忠が割って入った。

「まあまあ御両所、まずは落ち着かれよ。ここはゆっくりと腹を割って話そうではござらぬか」

「深溝殿はお黙り下され。ここは我ら二人で決着を付けたく存ずる」

安芸守は伊忠に一瞥をくれて加賀守へ向き直った。

「加賀、かねてよりのおぬしの人目忍んだ遠出には、何事やあらんと細作に後付けさせ探らせておいた。あにはからんや、三河者との密会にござった。我らは今川殿に当主を誅殺されて、今川への恨みこそあれ、その今川を退治された武田殿へは恩を抱いている。我らは武田殿が天下に号令されることこそ、この乱世に決着付ける大義と心得て、武田殿への与力を固めて参った。それを此の期に及んで三河の若造に与するなど、加賀は何を血迷うたかと、御後室ともども我らも怒りの炎を上げている。加賀、よーく聞け。我らはすでに武田殿への与力で固まっている。

深溝殿、かくいう次第なれば、早々に引き取られて三河守殿に左様伝えて戴きたい。最早、武田殿は駿河を御進発なされて、間もなくこの遠州へ向かわれると申し送られて参った。三河守殿におかれては早々に三河へ退かれて、守りを固められよ。この曳馬城の城の周りに風林火山の旗がなびくのは、まもなくのことでござる」

それを聞くとさすがに加賀守も色をなして言った。

「安芸守、深溝殿の前で言葉が過ぎようぞ。曳馬城の総てが武田への与力で決まったわけではない。少なくとも四分方は徳川殿へのお味方と数えている。

安芸守がかたくなに武田への志を変えないのであれば、なれば我らは直ちに城を出て徳川殿の陣へ走ろうぞ」

聞き終わるや安芸守の怒りは頂点に達した。

「たわけたこと申すな、加賀！　貴様とは倶不戴天じゃ。

思い知れ！」

安芸守は太刀抜き放った。伊忠が間に入って止める間もなく、伊忠の遮る手を朱に染めながら、安芸守は加賀の胸に太刀を突き通した。

「しまった、なんということを……」

伊忠の悲痛な叫びが上がった。その声が終わらぬ内であった。加賀守の家臣の一人が脇差しを抜き構えて安芸守に体当たりを食らわせた。同時に安芸の太刀も家臣の胸を刺し抜いた。伊忠は一瞬の目前の惨劇を呆然と見つめるばかりであった。

曳馬城内へは江間加賀守、安芸守が徳川の手によって誅殺されたと伝えられた。それが故意であったのか、誤って伝えられたのか、城内の者達にとってはもはや問題ではなかった。城内は沸騰した。与論は武田への与力で固まった。椿を愛でることから椿殿と呼ばれている飯尾豊前守後室お田鶴の方は、徳川を拒否し、武田信玄の遠州侵攻を待つことにしていた。その城の追手門を、武田菱ならぬ三つ葉葵の軍勢が取り囲んだ。

先駆けの騎馬武者が門前で叫んだ。

「飯尾殿、我らに与力されるならば開門致されよ。さもなくば我らは城を踏み潰し申そうぞ。返答如何」

武者の声が終わり切らぬうちに城内から矢が放たれた。矢は武者の胸を貫いて武者はどうと落馬した。それを合図に城門が開け放たれ、どっとばかりに飯尾勢が門外に斬って出た。その後より豊前守後室椿殿が、腹巻きに薙刀で武装した大勢の侍女達と共に討って出た。それに向かって徳川軍の弓、鉄砲の一斉射が放たれた。

「その時……」

南渓は天を仰いだ。

「椿殿は勇猛果敢に徳川勢に斬り込まれ、御運つたなく壮烈な戦死を遂げられたという。椿殿は直平様に毒を盛ったと噂されるほどの気性の勝った人であった。飯尾家も井伊家も親類となっているのに、時の乱れの行き違い上、敵同士となってしまったが、惜しいお人を失ってしまった」

南渓の嘆息はまた直虎の嘆息でもあった。椿殿が直平を毒殺したという噂については直虎には直虎なりの想いがあり椿殿の言い分に理を抱いていた。その椿殿の戦死の知らせは又も直虎を深い悲しみへと落ち込ませた。

四、堀川城

家康は井伊城に続いて攻め落とした刑部城には菅沼又右衛門を城番として守らせていた。その刑部城の川を隔てた西対岸の海辺に、新たに堀川城を急造して立て籠もった新田美作《みまさか》守の謀略には本多百助信俊があたった。

遠江引佐郡《いなさごおり》伊福郷《いぶくごう》気賀《きが》。井の国から一山越えた南一里の、その堀川城を守る城主新田美作守の館を、たそがれ時、本多百助信俊が訪れた。門からは長い石段があり、登りつめた所が開かれて館が構えられている。周りは谷、崖、そして雑木に守られている。門番が本多百助を案内すると、石段の上で美作守が待ち迎えたが、その顔には当然の事ながら縦皺が目立っていた。百助それに引き替え百助の顔には有利のうちに交渉をまとめようとする傲慢さが漂っていた。

を迎えると美作は使者を奥座敷へ案内した。

　美作は百助の顔をしげしげと眺めて言った。

「徳川殿のご家中は皆若くて元気が良うござるな」

　それを聞くと百助の肩が一際そびえ立った。

「皆、若くて元気だ。今川の老残兵とは比べられぬ程に。昇り運気とはこういうものよ」

　美作は百助の奢った声をやり過ごして、平静を保ってそれとなく言った。

「本多殿は何歳になられる？」

「三十《みそ》前でござる」

「お若い……」

　百助の顔にむっとした表情が浮かんだ。

「皮肉か、それとも見くびられたか」

　笑みを漂わせながら美作が手を振ってうち消した。

「とんでもござらぬ。本音でござる」

「左様か。ならば美作殿は……」

「半百の坂でござる」

　今度は百助が美作の顔を見つめながら皮肉そうな笑みを浮かべて言った。

「ならばこの世にもはや未練などはござるまい？」

「なかなか。人というものは命終える瞬間まではこの世に執着するものでござる」

「なるほど。そういうものでござるか」

言いつつ百助は本論に入った。

「よい事を教えてもろうた。美作殿も命はいとおしい事が相分かり申した。ならば話は早い。この気賀の里は風光明媚、このよき里に戦塵を沸き立てることもござるまい。使いのおもむきは大方察しておられると思うが……」

美作は話が本題に入ったことから顔を引き締めた。

「いかにも」

「如何でござろうかの、我らと与する気持ちはござろうかの」

「徳川殿はなんと申されておられるのか」

「今川殿の世はもう尽き申した。これからは若い力が世を支配する。それが我らが徳川様だ。我らに与力すれば領内安堵はもちろん、貴殿の身の立つように取り計らうと申されている」

「領内安堵に、拙者の身の立つよう、でござるか」

「左様、そのように申されてはいる。さりながら……」

「さりながら……?」

「先年来、あれほど我らに逆らっては貴殿の所領を全く安堵というわけには行かぬ」

「そのことなればいささかの覚悟もござる」

「まあ、そのように結論を急がれるな。全くの安堵は叶わぬが、もし城を明け渡すならば、身の立つように計らうと我らがお屋形様は言われている。生命の義は保証されるだけでも結構ではござらぬか」

「なるほど、命だけは助けようという事でござるな」

「そのかわり、城明け渡した後は、一切我らが下知に従ってもらわねばならぬ。当方はどちらでも構わぬ。血を見たければ拒絶するもよし、安堵を願うならば城明け渡しするもよし」

百助の傲然とした顔を横にして、美作は立ち上がると窓辺に行った。障子を開け放つと眼下に広がる気賀の里に目を投じた。湖畔には堀川城が見渡せる。美作の表情にはあれこれの想いが交錯しているようにも見え、迫られた決断に意を決しかねているようにも見えた。しばらくの沈黙の後、ようやく美作は口を開いた。

「城、明け渡し申そう」

百助がしてやったりと手を打った。

「相分かり申した。さすが美作殿、物わかりがよろしい。我らがお屋形様にはよしなに伝え申そう」

先程来の百助の傲然とした態度が更に上積みされたような顔つきで畳みかけた。

「ところで、我らに降った以上は次なる戦には先兵となって戦ってもらうが承知してもらいたい。そのかわり、手柄次第で出世も叶う」

その言葉に美作の顔が曇った。

「その戦では手柄を立てるよりも命を捨てる事のほうが多かろうに」

「不服か」

「いや、愚痴でござる。お忘れ下され」

「要するに我らの意のままに動いてもらう。降ったのだから当然じゃろうが」

美作も諦め顔で頷かざるを得なかった。

「分かればそれでよい。多少の窮屈は覚悟されよ。ここだけの話だが、我らの仲間には物わかりの悪い連中が大勢ござっての、少しでも逆らえば、それを口実に城の取り潰しはおろか族滅も図りかねないでの」

ようやく話の決着に至った処で百助が背骨の佇立をゆるめて、

「ところで喉が乾いた」

催促顔に言った。

「茶でも進ぜましょう」

美作が立ち上がると、不満そうに百助は、

「茶か……？」と言いながら、

「まあいい。もらおう」

顎をなでた。百助が部屋の中を一渡り見回すと、片隅に置かれた鞍に目を留めた。

「ところでここにある鞍は貴殿のものでござろうの」

「粗末なものでござる」

「いやいや立派なものだ。だがの、これからはこんな漆塗りの見事な鞍はおやめ下されよ。平侍に漆塗りの鞍は贅沢というもの」

「鞍にまでお指図をされるのか。相分かり申した。控え目なものに取り替え致そう」

「美作殿、悪くとられるなよ。何事も御身のお為と思われよ。人間というものはな、自分より先を行く奴があれば足を引っかけたくなるものぞ。釘は出ない方が可愛らしい。美作殿が我らに与するとなれば、しばらくは静かに目だたぬ事がいいという事だ」

「ご忠告かたじけない」

「ところで城はいつ明け渡してくれるのか、その答えを貰って今日は引き返す事としたい」

「旬日にでも……」

「それは殊勝なこと。我らがお屋形様の覚えも必ずやよろしかろう。違背なきようにの」

百助は立ち上がると窓辺に行き、

「美作殿、この屋敷から眺める景色はまことに絶景でござるの」

目をそこここと移しながら言った。

「夜は夜で月の眺めも格別でござる」

美作も相づちをした。百助は鼻先で言い返し、うそぶいた。

「月などはどうでもよろしい。敵の動きがよく見透かせるという事よ」

「左様でござるか。なれど月も見事でござる」

「そんな事を言っているから、戦に負けるのだ。眼、カッ開いて変わって行く世の中をよく見る事だ。勝者と敗者、その結果として当然の要求をする側とされる側、立場が異なるだけで人間とは態度に隔たりが出来るものよ。戦には負けたくないの、美作殿」

百助は更に肩を聳やかした。

美作は床に目を落としながら沈みがちな声で言った。

「同じ人間でありながら、そちら側とこちら側との隔たりは万里に等しうござる。まるで彼岸と此岸のごとくでござる。拙者、これをよい潮時に武士を捨ててもと思ってござる」

「ほほう、それはまた思いきった事をなさる。貴殿は少し疲れているのだ」

「いささか。本多殿も宮仕えの仕事の一つとして、今日、主人の意を伝えに来られたのでござろう。なれど家へ帰れば一人の裸の人間に立ち返られよう。肩肘張るのもその立場におられる時だけでござる。大いに張られるがよろしかろう」

「言ってくれるわ……」

百助は苦笑した。

美作が続けた。

「拙者とても同じこと、これまで立場を威に借りて肩肘張って参った。領国経営の上で、領民の為などと大義名分を考えたことなどあろうことか、己の身の立つことと、今川家の顔を潰さぬこと、それがいつも第一義でござった。なれど、今、敗者の身になって、初めて領民共のことに思いが及び申した。これまでも、戦に巻き込まれた百姓、女、子供のあわれさは数多く見聞して参った。その悲劇をここで繰り返してはならないと、初めてその事に思い至った。身の引き際に立って初めて他を慮《おもんぱか》る心が生じ申した」

「鳥の死なんとする時の声や佳し、か。

拙者などは若気ゆえ、まだ威張り足りない気が致す」

美作は百助の声が耳に入らないばかりに一人呟いた。

「百姓共、よく苛斂誅求に耐えてくれた。その真の姿をもっと凝視してやるべきであった。百姓共には申し訳ないことであった」

美作の繰り言に苛立った百助が大きな声で制止した。

「年寄りの戯言も、いいかげんにせんかい。気が滅入るわ」

「左様でござるな。拙者としたことがつい口が滑り申した。許されよ」

「まあ、よいわ。やはり茶よりも酒を所望致す」

「これはこれは気が至らず失礼を申した。酒に致そう」

酒という言葉に百助もようやく襟をゆるめた。美作が気を遣って百助に脇息を勧めた。

「これはかたじけない。美作殿もこれまで今川家に随分に忠義を尽くされた。今川家が斜陽となった今、もう、我らに寝返るのも時の勢いというものでござる」

「時の勢いというものは、どうもがいても逆らえぬものでござろう。拙者もその事を思って、夜半、息苦しさに眠りから揺り覚まされることがござる。大河の流れは押しとどめようもござらぬ。その大河とは今川ならぬ徳川の事でござった」

「ほほう、それほどまでに我らをお認め下さるか。過分でござる。少し酒が回って参った」

酒のせいで百助の口が軽くなり膝も砕けてきた。

「横になられよ」

美作が勧めると、百助は間髪を入れずに言い返した。

「いやだ。ここはまだ敵地の中だからの。横になってうたた寝でもすれば、寝首を掻かれる」

「これは気丈なことを、だが、ご心配召さるな、我らには、いささかもそのような下心はござらぬ」

百助を安心させてから美作はつぶやくように一人語りを始めた。

「激しい競り合いの世は如何なものかと存ずる。競り合いが過ぎれば人の心には邪心がもたげます。他人の足を引っ張り、引き倒し、やんれ、己が前へ出でんと悪心色々。強き者は生き残り、弱きは消え失せる。これを現世のならいとするのでは、人、あまりにもみじめでござる。世には競り合うことが苦手な者もおりましょう。そのような者にも生き残る、いや、生きる権利がある筈でござる。競り合いは淘汰を呼び、失うものの方が多いと存ずる。後から後から追い立てられるがごとくに競り合う世は、人の心を不毛に致すように想われてなりませぬ。他人をけ落とし倒すことが、己の勝利と信ずる世は、後に何が残るものでありましょうや。瓦れきと怨さの声のみではござらぬか。不毛の荒れ地に累々たる屍の山。競り合いは乱世を生み、乱世は淘汰を呼びます。その嵐の後には荒寥たる人なき景色。そんな風景が眼の前をよぎります」

美作の述懐をやり過ごすと百助が白けた顔で言った。

「今は他人を倒さねば自分が倒される世だ。国は力づくで奪い取るものぞ。そんなのんびりしたことを言ってはおられぬわい」

その百助の白け声に構わず美作は続けた。

「競り合うこともなく、人が十年一日のごとくに生きてどこが悪かろうかの」

「世が違う！」

「世が悪い！

いや、言葉が過ぎ申した。お気になさるな。しかし、戦がなければ、人々は今日の業を終えて明日為すべきことへの想いを巡らすゆとりが出来申す。今はこの国にその安らかさはござらぬ。明日の業など思いもよらず、今日を生きながらえたことに僅かな安堵の息をつくのみでござる。明日の命があるならば、あれもこれもしたいと思うのが全ての里人の願いでござろう」

美作のしみじみとした口調に百助の嵩に掛かった口が止まった。

「……」

美作も少しの酒の効き目に頼って唄を披露した。

「こんな戯れ唄、聞いたことがござろうか。

いくさ途切れて　麦の秋
苗田青々　水はよし
しばらく村にゃ　葬式もなし」

「……」

「戦などには無縁に、平々と生きることを願う者も多いはず……」

百助の顔が伏し目になって、

「貴殿の言われることは分からぬでもない。なにか寒気がして参った。酒を頂こう」

杯を差し出した。

「さあ、一献召せ」

美作は瓶子を傾けた。百助は嫌な想いを振り切るように一気に飲み干した。美作が続けた。

「百姓共は強い。

天に叩かれ、侍共に絞られても、次の年には芽吹く。雑草の強さでござる」

美作の述懐を聞くと、百助が突然大粒の涙を両の目からこぼしてしゃくり上げた。

「言うて下さるな、涙がこぼれ申す。

拙者とて国へ帰れば田を打ち、畑を耕してござる」

その突然の涙を見て美作は、これまでは表には現れなかった百助の、人には知られざる弱い一面を覗く想いで、空になった百助の杯に酒を酌んだ。その酒を再び口に運びながら百助は続けた。

「我らのご主君が今川家へ質子されていた頃は、我らは三河の辺地で泥水すすり、爪に火灯して耐えてござった。まさに雑草のごとくでござった。なれどその時の堪忍が今生きてござる。あの頃を思えば、これから待ち受けているであろう苦労など何ほどのことも無いと思われますの。

酒が醒めて参った、いま一献頂こうかの。

美作殿、拙者にも注がせて下され。さ、お飲みなされや、もっともっと干されよ。いい気持ちに酒が回って参った。少し横にならせてもらう」

「よろしいのか、ここは敵中でござるぞ」

「いいのだ、いいのだ。まさか寝首は掻かれまい」

「はは、ならば楽に致されよ」

「忘れていた。拙者は使者でござった。心残りじゃが引き返さねばならぬ。今日はこれで別れると致そう」

「そうでござった、お使者大義でござりました」

「城明け渡しを要求しに参った拙者と、明け渡される貴殿と、立場こそ異なれ、腹を割って今日は話し合うことが出来た」

「まことに、よい時を持つことが出来申した」

「どちらが勝者でどちらが敗者か分からなくなり申した。眼からうろこが落ち申した」

「拙者なども若き頃は、そのうろこで眼ばかりでなく、全身を鎧っており申した。歳とともに一枚ずつそのうろこが落ち、さて、最後の一枚が抜け落ちるのは、命終える時でござろうの。足元大丈夫でござるか。門口までお送り致そう」

「それはかたじけない。酒も丁度、心地よい具合に体にしみわたってござる。

ほほう、月が出て参った。

月もよいものでござるの、美作殿」

「左様思われるか。それは上々。

石段に気を付けられよ。門口までは長うござるによって」

「門口くぐればまた敵同士、今度逢うのは、戦の無い世で叶いたいものよ」

「いかにも」

新田美作は、徳川勢を迎え入れることが、この気賀の里が安穏に治まることであり、それからの見通しも計られると家臣達に説明した。家臣団の尾藤主膳正、山村修理太夫、竹田左兵衛督は一旦は美作の言葉に頷いた。だが尾藤主膳は密かに山村修理を訪れた。尾藤主膳は長年にわたる今川家への恩義を忘れた新田美作の姿勢を批判した。山村修理、竹田左兵衛も尾藤主膳に同調した。新田美作の虚をついて三人は千五百ばかりの地侍、百姓、女子供をかき集めて堀川城へ立て籠もった。

一旦城の明け渡しに応じた堀川勢の違背に激怒した家康は、三千の軍勢を差し向けて城を囲んだ。先陣は松平勘四郎信一、榊原小平太康政（二十歳）が受け持った。堀川城は浜名湖の一角引佐細江湖《いなさほそえこ》の岸辺に浮かぶ浮城で、潮が満ちたときは舟でなければ近づくことが出来ず、潮が引いた頃を見計らって三方ヶ原で刈り取った茅葉を敷き重ねて城へ取り付いた。大久保甚十郎忠栄（二十三歳）が先駆けしたが鉄砲にて向かい撃たれて討ち死にをした。大久保新十郎忠隣（十六歳）、榊原小平太康政も先登りしたが深手を負って退いた。その他平井甚五郎、永見新右衛門、小林平太夫など歴戦の勇士も戦死した。味方の戦死に猛り狂った徳川勢は城中へ斬り込み男女共なで斬りにし、遂に陥落させた。そして城中数百人の首級を山田半右衛門が獄門にさらした。

尾藤主膳正は徳川勢の猛攻を防ぎきれず、城これまでと極まった時、手勢三十余ばかりと舟で城を抜け、海上一里離れた親城である舘山寺城へと退いて軍勢の立て直しを図ろうとした。舘山寺城主大澤左衛門尉は、この時すでに徳川に降伏する意志を固めていたために立場上か保身のためか主膳正一行の入城を拒否し遂に大門を開けなかった。主膳正主従は致し方なく大城戸の門前で割腹して果てた。

山村修理太夫は城これまでと極まった時、小舟に乗って城を脱出し、小引佐の峠まで落ち延び、峠の上から燃え崩れる堀川城をうち眺めながら割腹した。

竹田左兵衛督は城中で奮戦したが衆寡敵せず二人の息子ともども斬り死にをした。永禄十二年三月二十七日の出来事であった。

堀川城主・新田美作守は他邦に落魄し、城を捨てて跡形もなしと史書にある。これは堀川城の合戦として長く語り伝えられることとなった。

その堀川城の悲劇は直ちに龍潭寺へ伝えられた。

また南渓が天を仰いだ。祐圓尼は絶句し、戦というものが通り過ぎたあとには、敵も味方も選ばぬ無慈悲さで残虐な爪痕を残していくことに、怒りも悲しみも忘れて自失した。

「気賀では坊主共までが討ち死にして葬式を出すことも出来ぬそうじゃ。儂はこれから出かけねばならぬ。

祐圓、そなたにも伴僧を頼むぞ、近在の寺へもふれを出して手助けを頼まねばならぬ」

南渓と直虎・祐圓尼の悲痛な忙しさが始まった。

第四章　三方ヶ原

一、合戦の前

永禄十二年、家康は兎にも角にも西遠江を平定して曳馬城を浜松城と命名し、遠江経営の拠点とした。家康が遠江へ進出する際、武田信玄と交わした約定は、大井川より東は武田、西は徳川という川切りのことであった。そのような約定は記憶に無いと今になって信玄が言って、じりじりと遠江を浸食し始めた。それは困ると家康も言ってごりごりと押し戻した。三方ヶ原での合戦が間近に迫ってきた。

信玄のこと

元亀三年歳暮も間近に迫っていた。武田信玄は遠州三方ヶ原大台地の真ん中に魚鱗の備えで陣取った。信玄は果たして徳川軍が戦いを挑んで来るのか、避けるのか、半ばの予想で心構えをしてはいた。三万の武田軍に対して、一万に満たぬ徳川軍が蟷螂の斧を振り上げるのか否か、お手並みを拝見といった気持ちがあった。だがこれから起こるかも知れない合戦を前にして信玄は時折肺腑の奥から突き上げてくる咳と微熱は気になることであった。

二カ月前、その年の秋も極まり、朝には霜を見る頃、信玄は躑躅崎《つつじがさき》館の書院で何時になく苛立ちを覚えていた。己の体調が思わしくないことに加え、上方からもたらされて来る様々な書状が心中の手枷足枷となり、重い体を更に身動きならぬものとさせていた。

信長に擁立されはしたが今は足手まといとなっている足利将軍家、西国の毛利、越前の朝倉、信長と対抗している石山本願寺からの上京を促す書状を眺めても、気持ちの高ぶりとは裏腹に、何故か燃え上がらぬ体の気怠さがあった。

書院の床の間に黒漆塗りの角盆に載せられて、事有り気な顔で置かれているそれらの入った文箱を信玄は、近従に命じて一旦は自分の目の届かない処へ収めさせた。それが目前から消えると、しばらくは心の平安を取り戻したかのような、あるいは心の中に穴の空いたような無為の時を過ごしたが、それならば、今、京を目指さずんば己の一生は一体何であったのか、何故にこれまで多くの血を流して来たのかという無念の想いが奔流のように押し寄せ、かえって頭《ず》中《ちゅう》の高鳴りに耳を奪われるばかりであった。

中原に鹿を追い、都に幡を押し立てることが夢のまた夢であるならば、その夢に己の全てを賭けて悪かろう筈がない。己の器量を秤に掛けて、足らぬ目盛りを自惚れでおぎない、身の程さえも捨て去って、己こそが我こそがと、大軍叱咤して、火のように風のように軍勢を押し進める晴れやかさを味わってはならぬ筈がない。

だが同時に信玄の中に、夢を追って現れては消え去り、消えたと思えばまた現れる憑かれたような武将達の、その夢の途中で挫折を味わった顔々が浮かび、去って行った。

信玄の心中には永禄三年のことが悪しき先例として思い浮かばぬ筈もなかった。

永禄三年は時の同盟者である今川義元が駿河、遠江、三河の軍勢三万を率いて都を目指した時であった。そしてその挫折もまだ心中には鮮やかに記憶されていた。あれから十年余りを経て、今、またまた自分がその轍を踏むことになるやも知れぬ恐れを抱かぬ訳は無かった。だが五十路を過ぎ、もはやこれ以上時を浪費することの無念も絡んで来ていた。更に起居動作にさえ身の重さを覚える昨日今日の元気の衰えは、為すべきか為さざるべきかの決断の、最早一刻の猶予さえ我慢できぬものとの焦りを招いていた。

信玄は沸き上がるもろもろの想いを振り払うように大声で近従を呼ぶと、かの文箱を再び床の間に置かせ蓋を開けさせた。京を目指すも、甲斐の山猿で終わるも、己の一生は己のものと、信玄はその書状を睨み付け、手荒く取り上げると音高く破り捨て、火鉢の火中に投じた。己は、将軍の哀願でも無く、本願寺の強唆でも無く、己自身の決断と器量で京を目指すと心を固めると、病む身には不似合いな大声で、

「弾正!」

高坂昌信を呼び付け、大きく咳き込んだ。駆けつけた高坂は咳き込みの激しい信玄の背後に回ると肺兪のあたりをこんこんと軽く叩き、その体調を気遣った。

「お屋形様、お風邪などをこじらせてはなりませぬ、ご養生専一になされませ」

「分かっている」

いつもの信玄の張りのある声とは異なった穏やかな話しぶりに変わった。

「評定を開く、急ぎ重役共を集めよ」

そう言ってまた少しばかり納めの咳をした。

高坂の呼びかけで広間には武田家親類一門、譜代家臣衆、侍大将衆などなどが駆けつけて評定の準備が整った。信玄は高坂の先導で上段に姿を見せた。一つ咳払いの後、いつもと変わらぬ声で言った。

「出陣する。目指すは手始めに遠州徳川の城、その血祭りを前祝いに、三河、尾張を席巻し瀬田の唐橋を打ち渡り、京洛に『風林火山』の幡を押し立てる」

それを聞いた高坂の頬が一瞬引きつり、顔青ざめて、周りの近従達にも気取られそうな足の震えを漂わせた。重役達は更に衝撃の波を受けたばかりに、互いに眼を交わし合い緊張を走らせた。信玄の最近の身の衰え振りから察しても、この時に出陣があろうとは予想もしなかったことだけに、この冬は戦も無く、久しぶりの穏やかな正月が迎えられそうだとの安堵の玉が、見事なまでに砕け散った衝撃に重役達は、あるいは眼を剝き、あるいは放心し、あるいは床を叩いてざわめいた。

だが一時の混乱が収まると、やがて紅潮して来た顔で一同が腹を括って信玄を見上げ、

「委細承知！」

己達を奮い立たせるばかりの大声で応じた。神去月三日、三万を超す「風林火山」の大軍は甲斐を進発、北条の援軍を加えて南信濃の一角から、這い躙るばかりの峠を越えて北遠州へと乱入した。北遠の土豪天野宮内右衛門を諜略、道案内させ、二俣城を含めた天竜川東岸一帯を、

迎え風を呼び込んだ野火のように制圧し、風林火山の幡を押し立てた。

二俣城に入った信玄は、本丸の眼下に見下ろす天竜川を眺めながら傍らの高坂に呟いた。

「明日はいよいよ浜松だな……」

言いながら信玄は大きく咳き込んだ。高坂は信玄の背後へ回り、信玄のその大きな背中をさすりながら、

「お屋形様、寒さ厳しき中での進軍なれば、存分のご養生をなされませ」

信玄の健康状態を気遣った。大きかった信玄の背中が、武田家発展の途上にあった元気横溢の頃に比べて、丸く縮まって来ていることは周りの者達にさえ分かるほどになってきていた。侍医である御宿監物の言によれば、信玄には肺の臓にいささかの故障ありと伝えられていたが、高坂がその背中をさすってみて、その言の的中があるやも知れぬとの想いを深くしたようだ。甲斐を進発して以来、休む日も無く戦場を駆け回る二カ月であってみれば、信玄も兵も充分の休養が望まれる頃であった。にもかかわらず、明日はいよいよ浜松と言う信玄の言葉は高坂に、甲斐を進発する時に感じたあの身の震えを再び蘇らせていた。土地の小さな土豪を攻めるなればいざ知らず、明日の相手は信長の出先、新進気鋭の徳川家康である。鎧袖一触というわけにはいかないであろうことは、歴戦の高坂にも、いや、お屋形・信玄にも充分に分かっている筈である。

「如何にしても、明日、進発なされますか？」

高坂は信玄の顔色を窺った。信玄は咳の治まりを待って言った。

「乱破によれば、徳川の軍勢八千の他に、織田の援軍が三千着到と聞く。織田の後続が届かぬ前に叩かねばならぬ。これまで親類つき合いをしてきたが、この一戦で織田とも手切れとなる。我等にとっては世話が省けてむしろ好機、織田との絶縁の口実が出来る」

待つのではなく、戦は先手を打つことによって決まり、急を追うことによって凱歌を挙げることが出来るを熟知しての信玄の言は、高坂を納得させてはいたが、その上でのなによりの先立ちは信玄の身の元気であった。

「数日の御休息、御猶予が必要かと思いますが……」

高坂はようやくに胸の内に滞っていたであろう言葉を口に出した。いつものことであれば、ここで信玄の大雷が落ちても当然の場面であった。そして高坂もそれを期待していたのであったろうが……。

信玄は、

「戦には時の勢いというものが大切である」

高坂をたしなめるように言った。

やや弱々しくも聞き取れる口振りは、若き頃の千軍叱咤の声に比べて、むしろ二回りも偉大になられたお屋形様よと、高坂も自らを納得させるように同意のうなずきを返した。その上で高坂は信玄の真意を量るように訊ねた。

「徳川とは一戦を構えられましょうや」

信玄は直ちには口を開かなかった。信玄の中には、徳川と一戦をすべきか、また、家康の横面を舐めて縮み上がらせればそれでよしとすべきか、未だ決めかねていたのであろうか。事は家康の出方次第なのか。若い頃の信玄であったなれば、一気呵成に徳川勢を踏みつぶすのは容易いことであった。今の信玄にその怒濤の勢いを求めるには盛りが過ぎていたのか。

二俣城の攻略に二カ月を浪費してしまった焦りもあった。その例であれば浜松城の攻略にも二月、三月の掛かりが予想され、その間隙に春の雪解けを狙った越後の虎の眈々たる眼を怖れねばならない。

信玄は初めて高坂に意見を求めた。

「おぬしならば如何致す？」

高坂は直ちに返答をした。

「浜松は素知らぬ振りで素通りなされませ。信長の腰巾着のように張り付き、その言いなりになっている家康という成り上がりの田舎大名の、未だ海とも山とも見分けられぬを怖れることはありませぬ。浜松などは眼中になき風情で、その横面を風のように通り過ぎ、三河、尾張へ軍を進めるが上策と考えます」

だが高坂は家康という男の高天神、二俣などで見せたしたたかさも知り抜いていた。むしろここは当たらず触らずに過ぎるにしくはなしと考えている節もあった。

「おぬしの考えを取り入れよう」

信玄は高坂の顔を立てるばかりに言ったが、それは既に心中で決めてあったことであろう。

信玄は高坂に聞かせるでなく、天竜川の流れを見つめながら一人呟いた。

「京へ行きたいのう……」

川の流れの速さに戸惑う己の眼が、川波を追って下流へ辿り着くと、信玄は眼を上げ、その眼を遙か遠くへ据え、

「だが京は遠いのう……」

もう一度呟いた。


払暁に二俣城を進発すれば、三方ヶ原へ上る前には午食を摂ることが出来る。天竜川の渡河には、二俣城開城の時に解き放った徳川兵が渡った浅瀬を辿れば足りる。全ては順調にはかどっている。気がかりは一つだけである。信玄の元気がいつまで続くのかということである。兎にも角にも三万の軍団は三方ヶ原大台地を見上げる有玉村までは行き着いた。この大菩薩山の三十丈の崖を駆け上ればそこは一望遮るもののない三方ヶ原である。

信長のこと

岐阜城の一室で織田信長は脇息にもたれて、四面楚歌を聞く中、二進も三進も行かなくなった情勢を考え込み、頬杖をついたり顎髭を数えたり、そうかと思うと急に立ち上がって近従を呼び付けたり、近従が近づくと五月蠅いと怒鳴って追い返したりしていた。今の信長にとって窓外を横切る鴉も、眼下を流れる川の流れも、空行く雲さえも己に仇為す抵抗勢力と見えていた。

信長は正直の処、信玄とは一戦したくないとの想いを抱えている。昨年、比叡山を焼き討ちして目の上の瘤を払い、目下の最大の敵は石山本願寺である。武田とは婚を通じて親類となっている。戦わねばならぬ理由はない。ただ信玄が上洛を目的に遠州、三河、尾張を横切るのであれば阻止せねばならない。信玄と本願寺顕如とは義兄弟の間柄であり、信長と本願寺との緊張が厳しくなれば、当然、信玄は背後を突くであろう。だから信玄の通路に当たる遠州浜松の家康には、遣り繰り苦しい中を三千の軍を送ったが、家臣達には心して戦仕掛けは構えぬように言い含めてはおいた。ただ家康には若気の至りで血気にはやった行動に出ないことを伝えてはあるが、果たして敵を目前にした家康が我慢しきれるのかが問題だ。もし家康が勇み立った仕置きに及べば事は面倒になる。まして戦上手の信玄の手にかかれば、家康が手玉に取られるは暗夜に火を見るより明らかである。

細作からの連絡では、信玄は既に天竜川東岸一帯を制圧し、浜松、三河を窺う勢いと伝えてきている。このまま捨てておけば信玄は尾張はおろか京《みやこ》までも目指すは必定、何としても天竜川で食い止めたいものだが、その力が家康にあるものとは信長には思えない。信長の最大の心掛かりは、家康が信玄の大軍を前にして怖気づき、その諜略にのって信玄に寝返り、信長に弓引くことが無いとはいえないことだ。実の処、三千の援軍を浜松に送ったのは、家康の寝返りを牽制監視させるためであった。それは佐久間信盛には言い含めてある。そのことを家康はまさか気付いてはいまいが、ここは家康の出方を見守るしかあるまいか。だが賽の目がどちらに転んでも良いように手は打たねばならない。もし家康が血気にはやった行動に出た場合には、それは我にはあずかり知らぬことと言い訳をしなければならない。もし信玄が浜松を素通りして三河、尾張へ向かうのであれば、それは親類にはあるまじきお仕置きと釘を刺さねばなるまい。信長は織田掃部介を呼ぶと和戦両様の構えをしつらえたいくつかの書状をしたため、遠州へ向かわせた。遠州での情勢いかんによって、信玄に対してどのような対応をなすべきか、その時に応じた手だてを講じなければならない。ここは揉み手をしてまでも信玄の機嫌を損なうことだけは避けなければならぬ。

「だがそれにしても俺は何故かくまでも信玄を怖れるのか、怖れねばならぬのか。信玄など、たかが甲斐の山猿が少しばかり呪文を覚え知った大猿に成り上がっただけのことではないのか。それに比ぶれば、俺はこの大宇宙の第六天に君臨する王ではなかったのか。あの永禄三年を思い浮かべるが良い。三万の駿河勢を俺は二千の選りすぐりで破り、あまつさえ敵将の首《しるし》さえ挙げたではないか。信玄いかに戦巧者とはいえ運は天にあり、その天の支配者こそ俺ではなかったのか」

　そうであった、そうであったと自分自身に何度も何度も言い聞かせ、自己暗示に掛けると、信長はようやくに自信を取り戻したかのように敦盛を口ずさみ始めた。

家康のこと

　城とはいえ浜松城はまだ普請半ばで万全の備えが出来ているわけではない。天守閣などはまだ無い。掘割に掻き上げ土塀、矢狭間に鉄砲狭間、高い処は物見矢倉、城門くぐれば足軽長屋に侍曲輪、行き着く処に広間らしい溜まり場があって、そのまた奥の、名ばかりの書院で徳川家康は青い顔で沈んでいた。細作の報告が届き、武田軍団の接近が伝えられるたびに、その顔色はますます沈んで行った。先ほどから貧乏揺すりが止まらない。武者溜まりで同じように沈んでいる家臣団の顔に時々目を遣るが、事に至ってどのような対応を為すべきか家臣達の腹を探ってみても、期待の返事が返るわけではない。人の意見を訊くなどということがこれほど無意味なことであったとは、家康は今こそ腹の底から思い知った。岐路に立たされた時の決断は、己で下すしかないことを唇嚙みしめながら味わった。

四年前の永禄十一年、家康が三州から遠州へ進出する際、信玄と交わした、

「大井川より、東は武田、西は徳川」

と決めた川切りの約定があった。今、信玄は、

「そのような決め事など交わした覚えはない」とあっさりと約定を反古とし、まるで山津波が押し寄せるばかりの勢いでこの遠州を席巻しようとしている。家康にとって、流した血の代としてようやく広げた版図を失うことは、泉下の兵達への申し開きもならぬことながら、なによりも己の自尊心が許さぬものであった。

信玄という巨魁の、戦場を経巡る風のような俊敏さ、戦駆け引きを寝静まった林の静けさの内にいつの間にか根回しをしてしまう見事さ、すべてを焼き尽くす野火のような侵略の激しさ、駆け出しの家康から見れば山のように見える存在の巨大さ、そのどれをとっても己の及ばぬ格の隔たりを家康は爪嚙む想いで味わっていた。

四年前の遠州への進出の折、遠州土豪達は二百年の今川支配から離れて徳川へなびいた。その中にあって北遠の天野宮内右衛門の存在は家康の気になるところであった。今、この宮内右衛門を謀略出来なかったことが大きな足かせとなって家康を身動き出来ないものとさせていた。宮内右衛門が家康に従わなかった選択には、無理が無いものがあった。長い今川支配から離れ、未だ海のものとも山のものとも分からぬ若い家康の軍門に下るのには宮内右衛門には躊躇があった。宮内右衛門の本貫地から峠一つ越えれば武田支配の信濃である。宮内右衛門には家康よりも信玄の顔が大きく見えていたのは当然であった。家康から謀略の使者が何度も訪れても宮内右衛門には首を縦に振れない苦しさがあった。

もしあの時、宮内右衛門を味方に付けておいたならば、そして武田軍の遠州侵攻があの峠を越えて来ることが分かっていたならば、家康とすればあの峠の上に軍勢を配備し、峠の上から逆落としの戦法で迎え撃ち、如何なる大軍も殲滅出来たに違いなかった。その「青崩れ」と呼ばれている峠には信濃からは這い蹲るようにして登る細い急峻な、道とは言えない道があるのみである。峠の上から、軍列が延びきった処を、岩石落とし、煮え湯掛け、矢掛け、鉄砲放ちと戦法を選ぶ必要も無いほどに撃退出来たに違いなかった。楠木正成の古戦法をやんやの喝采を浴びて再現出来たに違いなかった。

家康には、もしもあの時、もしもあの土豪が、といった過去の失敗の口惜しさが渦を巻くように込み上げていた。家康はまた爪を噛んだ。

だが相手は誰であれ仕掛けられた戦は受けねばならぬ。でなければ降伏あるのみだ。降伏の惨めさは己のこれまでの戦で知り抜いている。もしここで信玄に跪けば、たとえ己の命は助けられたとしても、次にはあの魔王信長を敵とせねばならない。信玄と戦うか、信長を敵とするのか、それを秤に掛けて重さ比べをしたとても、

「嗚呼、答えなど出る訳が無かろう」

家康はまたまた爪を噛んで黙り込んだ。

その沈滞を破って、

「左衛門尉……」

家康が口を切ったと同時に、酒井忠次も、「御前……」と言った言葉が空中でぶつかった。

家康が一歩退いて、

「申してみよ」

期待半ばに譲った。忠次は、

「御免……」

言いながら続けた。

「ここは籠城が肝心かと存じます。信玄の戦術に乗って三方ヶ原にでも誘い出さるれば、敵は三万、味方は一万、戦は兵多きが勝つの兵法に従えば、我が軍に千に一つの勝機も御座りますまい。甲州勢の行き先は都に他なりませぬ。おそらくはこの浜松などを攻め取るつもりは御座りますまい。行きがけの駄賃とて、我等が出方を窺い、我等があわよく誘いに乗れば叩くつもりで御座りましょう。今は身をこそ潜める時と心得ます。もしも甲州勢がそのまま通り過ぎた

なれば、織田殿と我等で挟み撃ちを仕掛けることも出来ましょう」

老成且つ慎重ではあったが家康にとっては期待はずれの答えであった。

家康の中には、今敵対しているのは信玄であるという想い以上に、己の後ろで、僅かの瑕疵も見逃さぬ体で控えている信長の顔ばかりが大きく映っていた。もしここで信玄にたとえ敵わずとも一矢を向けなければ、どの顔もって信長に合わせようかの想いがのし掛かって来た。三千の援軍を送ってきた信長の真意は那辺にあるのであろうか。信長は信玄を向かい討てと言っているのか、ただ信玄を牽制せよと言っているのか家康の理解の外であった。

援軍として派遣されて来た織田家重臣佐久間信盛が口を開いた。

「ここは戦に及ばず、酒井殿の申されるごとく、我慢致されるが肝心と存ずる」

助け船のような、また逃げ腰のような曖昧な言で誤魔化した。それは家康の耳には全く入っていなかった。

信長という武将のこれまでのすさまじい軌跡を辿るまでもなく、家康は、たとえ同盟者とはいえ信長の神・人怖れぬ非情の怖さを知り尽くしていた。もしここで信玄をやすやすと見送ったとしても、また、たとえ敵わぬ一戦を仕掛けて敗れたとしても、そのどちらも信長の意に適うものではなく、その叱責は天をも揺るがすであろう。ならば敵わぬまでの挑みを仕掛け、武将の一分を立てることこそ三河武士の誉れとなろう。

家康は、誰か一人でもいい、向こう見ずの元気な声で、いざ出撃！　と怒鳴る奴は居ないものかと、首うなだれる家臣団を見回した。

居た！　居た！　平八（本多平八郎二十五歳）がにやにや笑って自分の顔を指さしている。小平太（榊原小平太二十五歳）が上気させて兜の緒を締め上げている。半蔵（服部半蔵三十一歳）が中腰で、俺が、と指名を待っている。七郎右衛門、治右衛門兄弟（大久保忠世四十歳、大久保忠佐三十四歳）が一方が片目をぎらりと光らせ、片方が鍾馗のような髯面で肩怒らせて立ち上がった。まだいる、まだいる。鳥居、成瀬、仏高力に鬼作左。

織田の援軍頼むに足らず、徳川八千の旗本一丸となって槍襖を立てて突き進めば、二万、三万の甲斐の山猿何ほどのことあるまじと、顔に朱を上らせた家康は大声で怒鳴った。

「信玄坊主に己の庭先を蹂躙されて黙っておられようか。ここで弓取らねば、後の己は亡きも同然、三十にして世を捨てるは口惜しきことなり、お前達の命をこの俺に預けろ、共に屍を曝そうぞ」

家康の本心をようやく読み取った家臣達は、はっと我に返って、何を逡巡していたのかと、これまでの己達の煮え切らぬ態度をかなぐり捨てて、

「応！」

とばかりに雄叫びを挙げた。

日は西に傾き掛けていたが、家康の一言で士気の上がった全軍は、武田軍を迎え撃つべく肩怒らして兜の緒を締めた。武田軍が浜松城ではなく三方ヶ原を目指し、大菩薩山の麓より地から湧き出した赤蜂のように三方ヶ原台地へ押し上がって来たという報告を受けて、徳川軍は全軍が三方ヶ原へ走った。

徳川軍が遠巻きに睨む中を武田軍は挑発するでなく、無視するでなく、しかし臨戦の態勢は抜け目なく、この大台地の枯れ草を踏みつぶすばかりの勢いで悠然と行進を続け、三方ヶ原の真ん中で道を北に向けた。祝田坂へ向かってそのまま進めば三方ヶ原を素通りして三河へ向かうことになる。徳川軍の目前を「風林火山」が行くと、武田軍が戦端を開くのか素通りするのか、一瞬の迷いが徳川軍に走った。そして、己の庭先を蹂躙されたと見た徳川軍の堪忍が限界に達した時、徳川軍はアッと声を上げた。気が付けば、武田軍はいつの間にか陣形を魚鱗の構えに組み立てていた。右翼先鋒には山県、小山田、左翼には馬場、真田、中央には高坂、内藤、更に後ろに幾重にも重なる重厚な陣構えに守られて信玄が山の如くに居座っていた。

家康は敵の陣形を知ると咄嗟に、

「広がれ！」

と下知し、手薄を覚悟に横広がりの鶴翼の陣形を採った。三万の武田軍に対して一万の徳川軍が採ることが出来る精一杯の陣形であった。対峙した両軍は何時戦端を開いてもよい気の高ぶりを抑えて、しばしの睨み合いを続けた。いきり立った徳川の足軽達が堪えきれずに、遂に怒鳴った。

「甲斐の山猿！」

武田の足軽達も怒鳴り返した。

「三河の味噌侍！」

何を！　何だ！　と怒鳴り交わすうちに、遂に堪えきれずに石合戦となった。いきり立った双方は矢合わせ、鉄砲放ちと応酬を高ぶらせ、遂に猛り狂った前線が喚声を上げながら突撃して、火花を散らせる槍合戦が始まった。怒号と干戈の響きが天地を揺るがし、とうとう双方入り乱れての大乱闘となった。

戦は兵多きが勝つの兵法通り、徳川軍は完膚無きまでに打ち崩され、浜松城へ逃げ込んだ。家康は信玄という武将のあまりの戦巧者の前に、己の未熟さを思い知らされた屈辱感と、それ以上に己が足元にも及ばぬ信玄の巨大さに、むしろ畏敬の念さえ深めていた。

二、仏坂《ほとけざか》

三方ヶ原合戦より二カ月ほど遡る。

元亀三年十月、武田信玄方の侍大将山県三郎兵衛昌景は遠州浜松へ進軍するために信玄本隊とは別行動を採った。山県は一足先に南信濃から三州街道を下って奥三河へ侵入し、菅沼、奥平など山家三方衆を懐柔して取り込み、道案内をさせて西側から遠州を目指した。

奥三河鳳来寺より長篠《ながしの》、山吉田《やまのよしだ》、そして井の国を経て三方ヶ原を縦断して浜松城へ至る「鳳来寺街道」の道筋には、徳川に与力する土豪達がそれぞれに砦を構えて武田軍の侵入に備えていた。山県は遠州へ進軍するためにはそれらの砦で合戦の一つ二つはせねばならぬとふんではいたが、三州山吉田の山上の普請途上にあるらしい小さな柿本城を見上げながらつぶやいた。

「血を流すまでもあるまい……」

柿本城は遠江と三河の国境にあり、時の城主は鈴木石見守である。遠州では、井伊家の家臣団を近藤平右衛門など井伊谷三人衆が取りまとめて、武田軍の侵攻に備えていた。柿本城主鈴木石見守も井伊谷三人衆の一人であった三郎太夫の子息である。今は前当主が戦死したためその後を襲っていた。

柿本城は武田軍の侵攻に備えて新たに築城を始めたばかりでまだ普請途中であった。この時、鈴木石見守が動員出来る軍勢は、老人子供までかき集めてもせいぜい二百にもならず、初めから戦にならなかった。山県はその小さな柿本城を見上げながら、

「こんな小城を攻め落とすには小半時もかからぬが……」

血を流すまでもあるまいと考えていたのである。

その山県を、柿本城近くにある満光寺《まんこうじ》の住職朝堂玄賀《ちょうどうげんが》和尚が、御大将に願い事の儀あってと、訪ねて来た。ごろんと一つ咳を吐いて口を切った和尚に、山県は、すでに戦には勝ったもののように鷹揚に余裕をもって応対した。

「御坊が音に聞く朝堂和尚殿か、待っておりました。それにつけても達者そうで何よりでござる……。何歳になられる？」

山県は城攻めの緊張感の漂う中を訪ねてきた和尚の真意はすでに見届けていたが、気分を和らげる意味からもことさらに話題をそらした。それに対して和尚は、

「忘れ申した……」

山県の矛先をかわす老成振りで応酬した。八十歳に近いであろう和尚の歳を羨んで、山県が言葉を追った。

「忘れるほどに歳を重ねたいものでござる」

「歳を重ねるだけではなんの功徳もござらぬ。恥を上積みするだけでござる」

朝堂和尚は抹香臭いところはすでに抜けているが、抜けきったところがかえって親しみを感じさせて、山県もつい気を許した。

「恥でも良いから長生きしたいものでござる。秘訣でもござろうか」

「ござらぬ……」

和尚は間髪も入れずに答えてその後を続けた。

「仏のご加護によって生かされているだけでござる」

「どうすれば仏のご加護が得られようか」

「さて……」

和尚は暫く間を置いて、

「人我《じんが》の見《けん》を捨てるなどという事は如何でござろうか」

山県にとっては難しい言葉だ。

「人我の見？　どういう事でござるか……」

「我《われ》が……我《われ》が……という想いが毒手になって身を傷めますのじゃ。

他己《ひと》をも自己《われ》と覚《し》るならば、これぞ菩薩の浄土なり。

他人と我、その垣根を取り払って、他己《ひと》も自己《われ》、自己《われ》も他己《ひと》」

戦に明け暮れる山県にとって、人への斟酌などとっくの昔に捨て去ったか忘れ去った言葉であったが……。だから、他己《ひと》をも自己《われ》と覚るならば、これぞ菩薩の浄土なりなどというとても実行出来そうもない言葉に山県はとまどったが、今度は和尚が話題を変えた。

「ここらあたりは紅葉が見事でござる。もう紅葉狩りは致されましたか」

紅葉狩りのことなど心の片隅にも無かった山県は、和尚に一本取られた想いであったが、虚勢を張ってもこの和尚には見抜かれることと、

「城攻めのことばかり心中にあって紅葉などは眼に入らなかった」

と正直を言った。和尚も隠すことなく、

「それは柿本城内でもおなじ事、今、城内では紅葉狩りどころの騒ぎではござりませぬ。山県殿の城攻めがいつあるのか城内の兵共は怯え切っております」

と現状を打ち明けた。その話に山県は膝を乗り出した。

「ならば話は早い。城明け渡し頂けませぬか。血を見るまでの事もあるまいと存ずる」

「その事……。この柿本城は、今、築城途中でいわば隙だらけ。どこからでも攻め入る事が出来ます。だが、ここで一戦に及べば城兵の大半は生きてはおられますまい。彼らにも妻子あり、親あり、家もござれば、何としても命だけは助けてやりとうござります。そこで御大将のお情けを頂きたいと……」

「城明け渡されるというのでござるな」

「出来る事ならば……」

「難しい事でもござるのか」

「いずこの城でもそうでありましょうが、いざ開城となると、それに反対する者も多くおりまして」

「当然でござる」

「その者達の説得もせねばなりませぬ」

「そこは和尚殿の器量の見せ所、大きな声では申さぬが、口先三寸で丸め込むことが出来るのではござらぬか」

和尚の人柄に丸め込まれたのはむしろ山県の方であったかも知れない。

「徳川殿への忠義で凝り固まっている者もあれば、夢ばかり大きくて山県殿の軍勢を蹴散らすなどと大言壮語する手合いもおり、また、開城で誘って城を出たところでだまし討ちの皆殺しをされるのではないかなどと言う者もおります」

「いずこの城でもそうでござる。石見守殿の統率力と和尚の説得力で、なんとか取りまとめて下さらぬか。ところで鈴木石見守殿とは、どんな大将でござるか」

勿論、山県は石見守についてはおおよそのことは知っているつもりである。和尚はやや困惑げに声を落として言った。

「何分にも未だ年若で……」

「年若？　何歳になられる？」

「十四歳にございます」

「十四歳……。これはお若い」

「前当主長門守三郎太夫様は三年前にご戦死なされ、その跡を継いで石見守を受領しておりま す」

「それなればなおのこと、ここは一戦に及ばず、無血の開城が望ましい」

「拙僧もそのように考えます」

「和尚殿の考え通りに取り計らってくだされ。開城にあたっては難しい条件は出さぬ。人質の交換だけで宜しかろうと思うがの」

「もっともなこと。当方からは誰ぞを選び差し出しましょう」

「そうして下さるか。こちらからは軍僧の何人かを出そう。形だけの人質交換だ。悪いようには取り扱わぬ。人質を儂が預かった後、石見守殿は城を出られるがよい。城を出た後は何処へ行こうと勝手次第。我等の目的は兵を殺すことではなく、城を手に入れることでござる」

「では城兵共を説得して開城させましょう。拙僧も命賭けて務めます故、御大将も約定違えられませぬよう、お願い申し上げます」

「相分かり申した、人質の命を保証すること、開城の兵共に手出しせぬこと、これを約定する。ただし、開城の後、再び陣形を調えて、我等に刃向かえば、話は別となるが承知置き頂きたい」

「当然でござる」

和尚と山県との何度かに亘る交渉の結果、石見守の母親が自ら質となりましょう、と申し出て、柿本城の開城が決まった。

山県三郎兵衛は城門よりはるか離れた所に定幕を張り巡らせて陣屋をしつらえ、床几に腰を下ろして開門を待った。城近くには赤備え具足の山県兵が二重三重に列を連ね、中央に道を開いて城兵の撤退を待った。

静かに城門が開けられた。声をたてる者が居ない中を具足の触れあう音ばかりが響いた。朝堂和尚が先に立ち、人質が乗せられている粗末な輿が担がれて城門をくぐった。やがて輿は山県三郎兵衛の定幕の中へ消えた。それを見届けると山県は無言で采配を振るった。城門の中から、具足を着用してはいるが兜を外して小脇に抱えた兵達が現れ、山県兵達が見守る中を粛々と進んで城を後にした。その数は、山県が考えていたよりもずっと少ない。前後を兵に守られた鈴木石見守は、馬上から遠くに望む山県の姿を発見すると、首《こうべ》を下げて会釈を交わした。山県も立ち上がって返礼した。城兵の総勢が立ち去ると、山県は再び采配を振るった。それを合図に山県兵達が城内へなだれ込み、城明け渡しは終わった。

城を後にした石見守と兵達は、三遠国境を越えて一目散に井の国を目指して走った。仏坂の難路を這いつくばるようにして登り、山頂で一息ついた。ここの竹馬寺で息を整えると、ようやくに人心地が戻って来た。

この鳳来寺街道の山吉田柿本城と井の国との中間にそそり立つ難所が、

「仏坂」

と呼ばれ、その山頂には深厳山《しんごんざん》竹馬寺《ちくばじ》がある。御本尊十一面観世音は行基菩薩の作と伝えられ、この街道を行く旅人に安らぎと道中息災の眼差しを投げかけている。

仏坂は急峻な坂道によって、井の国の乾の守りの喉元となっており、竹馬寺はその山頂のわずかに切り開かれた所に構えられている。草庵と呼ぶにふさわしいささやかな寺である。石見守は竹馬寺の十一面観世音にぬかづいて、これまでの無事を感謝し、これからの平安を祈った。見上げた観世音の慈顔は、十四歳の石見守にとって、どうしても母の顔と重なって見えた。

「ここもいずれは戦場になる……」

石見守がぽつりと呟いた。戦場になれば当然ながらこの寺にも火を掛けられて、寺も観世音菩薩も灰になるだろう。

石見守の一隊が足早に柿本城を去ると、それまで固唾を呑んで見守っていた山県兵達が、直ぐに追いかけて全滅すべき、と騒ぎだした。それを見た山県は一喝した。

「後追いならぬぞ！　これは石見守との約定である。あの者達がせめて井の国へ入った頃合を見て、儂が命令を下す。それまでは動いてはならぬ。戦は勝てば良いというものでもない。守るも攻めるも男の器量の見せ所である。折り目をつけて戦うのが侍だ。

我等が越後の上杉入道殿と戦った戦を思うがいい。遂に勝ち負けのけじめは付かなかったが、両軍、秘策を尽くして正々堂々と戦った。我等は敵から塩を送られたこともある。後追いせぬことが敵への『塩』である。兵共はしばらく休むがよい」

山県三郎兵衛は兵を一休みさせると、城内の、おそらくは大将が居たであろう居室へ入った。城というには粗末で、丈夫が取り柄なだけの無骨な掘っ立て小屋に近い「とりで」であった。それでもこの部屋は板敷きとなって身をくつろがせることが出来る。居室には床の間がしつらえられ、刀《とう》の切れ味の爽やかさが残る竹の花入れには竜胆が挿してあった。殺風景な中にその花だけが存在を主張しているように山県には見えた。山県は花を一瞥して、

「ふむ……」

納得すると板の間に腰を下ろした。草摺が鈍い音を立てて折れ合ったが、それだけで体の重さが軽くなったようで、妙にほっとしてくつろいだ。山県は、最近、具足の重さが気に懸かるようになっていて、儂も歳かな……と思う気持ちと、若い奴には負けぬぞ……と、思い直して背筋を張る動作とが交互にやって来ていた。

思ったよりも簡単に手に入ったこの城ではあるが、戦略的にはさほど重要というほどでもない。遠州への侵攻の、いわば行きがけの駄賃に奪い取った城である。山県の目的は遠州浜松を目指すことである。ところが、

「お屋形様の目的は……？」

お屋形信玄の目的はいずこにあるのか、山県自身にも実ははっきりとは分かっていなかった。

「まさか浜松を攻め落とすことだけが目的ではなかろう」

事のついでに三河を攻めたとしても、更に次の尾張まで進攻されるのだろうか。

「あるいは、あるいは、都までも……、目指しておられるのであろうか」

山県の頭の中はくるくると回転し始めた。こんな時には普段考えもしないことが浮かびあがる。

「人は何故、中原《ちゅうげん》を目指すのだろうか？」

疲れの溜まった山県の胸中を様々な想いが横切って、若い頃には考えもしなかったそんな言葉が、ふと脳裏をかすめた。諸国の侍達がお互いにせめぎ合い、鎬を削り、足を掬い、潰し合って乱世を賑わせている。

「戦は正義、善悪ではない、生き死にだ。我等が戦場へ立つのは、その時に生きた、という証しのためにだ。そう信じなければ、何の甲斐あって槍取れようぞ」

山県はそう信じて戦を重ねて来た。だが、

「お屋形はその生きている証しの為に、都を目指されるのか。悪い先例があるというのに……」

山県は、都を目指しながら挫折した多くの武将達の無念の姿を想い浮かべた。

「永禄三年のこともある」

十二年前、桶狭間で挫折した今川義元の例を想った。あの時、

「今川殿は都を目指されたのであろうか。それとも、尾張を脅かすことだけが目的であったのであろうか。それにしては、あまりにもあっけない……」

挫折ではないか。それにつけても、

「お屋形様は何を急いでおられるのであろうか」

国を出る時に見た信玄の顔色のすぐれぬ様は、気力漲った頃に比べると、歳月の過ぎ行きだ

けではないものを感じさせた。それに、いつとはなしに鬢、髭に交じって来た白いものを見ると、盛りを過ぎた一人の武将の、そぞろの衰えを思わせた。

「お屋形様は本当に足利将軍家との約定通りに、都を目指されるのであろうか。お屋形様は歳も五十の坂を越され、かつて、上杉謙信殿と鍔競り合っておられた頃に比べると、あの力の漲りは見られぬ。あの頃は儂もお屋形様も若かった」

山県は武田家が勢力伸張の途上にあった頃を思い浮かべた。甲州から信州へ侵攻して、激しい抵抗に遭うや、あらゆる謀略や、前後をわきまえぬ悪辣非道な手段で信州を蹂躙した。甲州勢が信州でして来た事は、山県が今想い出しても胸痛むものであった。

「我等がして来た事は神、人、共に許さざる行為ではあった。が、それをしなければ生き残れぬ世でもあった。神仏はいつまでもそのような世を許す訳がなかろう。いや、人間がいる限り、このような生き残りを賭けた争いは永久に続くものであるやも知れぬ」

山県の思考は混乱し、自分が疲れているのを感じた。

「若い頃は戦に明け暮れ、敵を倒し、城を落とすことに、得も言われぬ爽快感を味わったものだ。この頃は敵に想いを致すようになって、なるべくならば戦をせずに済ませたいと思うようになった。敵に想いを致すようになった時には、男の盛りも過ぎたということか」

戦の都度、はったりと駆け引きの巧さで名を挙げてきた山県の、言ってはならない本心であったが、それを呟くと、山県はぶるっと身を震わせて背筋を伸ばし、まだまだ自分は張りを失ってはおらぬぞと、己に言い聞かせるばかりに大声を発した。

「お屋形様は都を目指されている！

近江の瀬田の唐橋に、御旗を立てよと申されている！

浜松、三河、尾張など物の数ではないぞ！

兵達に酒を振る舞い、長旅の疲れを癒やさせよ。明日は戦となる！」

兵を休ませた山県はやがて全軍を仏坂、そして三方ヶ原へ向けて進発させた。攻める山県勢、迎え撃つ井伊谷三人衆勢は仏坂を挟んで対峙した。戦はこの仏坂で火蓋が切られようとしていた。


少し前、龍潭寺の南渓和尚のもとへ、仏坂近辺の村人達が心配顔で相談に来た。もしこの仏坂で合戦があれば竹馬寺もご本尊様も焼かれるに違いない、せめてご本尊様だけでもどこぞへお移ししたい、南渓和尚にその手助けをお願いしたい、というものであった。

「ご老師、私が行きましょう」

直虎・祐圓尼が武田方との交渉役を買って出た。今、仏坂で武田軍と対峙しているのは井伊谷三人衆と井伊家の兵達である。井伊家は三人衆に先導された徳川家康に一旦は攻め潰されたが、兵達は生き残り、三人衆とても井伊家と関わりある土豪達であった。

「ここは井伊家の当主直虎としての私の仕事でありましょう。なまじな者が行くよりも、女の私の方が交渉はまとまりやすいのでは」

直虎の言葉に南渓も頷いた。

夕暮の仏坂竹馬寺のあたりには晩秋の物哀しさが漂う。それにしても、静けさに沈んでいるのは夕闇のせいばかりではなさそうだ。それは明日の激戦を予想させる不気味さをも秘めているからであろう。

その熱気を秘めた静寂を破るように、突然、人声が上がり言い争いが始まった。山県勢の先兵と土地の村人達が竹馬寺を挟んで何事か言い争いを始めた。

「ならぬならぬ。我等の御大将の山県様に会わせろと言われても、そんな事が叶う筈がねえ。帰れ帰れ。百姓共、そこいらにうろうろしていると、鉄砲ぶちまけるぞ」

山県兵が火の点いた火縄をぐるぐると回しながら応酬した。

「是非に会わせてくれろ。それ、この通り土下座してお頼み申す」

村人達の低姿勢に山県兵も折れたが、

「戦を一日延ばしてくれろ」

というとても叶いそうもない村人達の頼み事に山県兵も呆れた。

「そんな事が叶うわけがねえ。我が軍は戦支度が万端整って、明日の朝の法螺貝の合図を待つばかりなのだ。戦を一日延ばすなど出来ない相談だ」

「一日が駄目ならば半日でもええ、お願いするだ」

「なんの訳でもあるのか。言ってみろ」

その時、直虎が後方より進み出て武田軍の足軽へ一礼した。たそがれの中に、目にもまぶしい純白の頭巾をまとったたおやかな黒衣法体の直虎の姿を見ると、足軽達が一瞬虚を突かれたように出足を止めた。直虎は足軽達へ言った。

「明日、戦になれば、あなた方はこの竹馬寺へ火を掛けられましょう」

足軽達は直虎の落ち着いた物言いに矛先を鈍らせて言った。

「まあ当然のことながら、寺を焼いて攻め手の威光を示すことは戦の常道ではござるが……」

「それを待って戴きたいと村人が申しております。この寺には古くからこの土地の人々に慕われている十一面観世音様が鎮座ましましておられます。寺は動かすわけには参りませぬが、観世音様はどこぞ安全な場所へお移りして頂こうと、相談しているわけでござります。その間だけ戦を待って戴くわけには参りませぬか」

直虎の頼みに足軽達も納得したが、

「お坊さんの言い分はわからんでもない。だが、こればっかりは俺達にはどうしようもない」

やっと兵達が山県三郎兵衛へ話をつなぐこととなった。

「会ってみよう」

山県三郎兵衛は兵士の取り次ぎに応じて、村人達の話を聞くことを承諾した。

山県は両軍が睨み合っている最前線の仏坂の竹馬寺まで足を運んだ。山県は兵士に守られながら竹馬寺の本堂に乗り込みどっかりとあぐらをかいた。

その本堂へ十人ばかりの村人を従えて直虎も足を運んだ。直虎は臆《おく》することなく山県の前に着座し、この井の国の仏閣総まとめ萬松山龍潭寺の寺僧祐圓であると名乗り、ここに控えるはこの竹馬寺住職鉄山和尚と村人達であると言った。

山県は直虎の悠揚迫らぬ物腰にはっと背筋を立て、居ずまいをあらためた。そしてそのたおやかさにしばし見入ったあと、ようやく口を開いた。
「拙者、武田家臣山県三郎兵衛昌景にござる。お話を承る」
言いながら山県はまた直虎の顔を見つめ直した。直虎も山県の顔から目をそらさずにここへ来た用件を話した。
「ここ仏坂にはこの竹馬寺があり、行基菩薩お手作りの十一面観世音が御本尊として奉られております。この観世音はこの村の守り本尊として、また、鳳来寺街道を行く旅人の道中安全の祈願佛として、多くの人々に敬慕されております」
筋道立てて語る直虎の言葉に山県は、ふむふむと聞き耳を立てた。
「この仏坂を登る人々は観音和讃を唱えながら登れば、息も乱れず、石にも躓かず、そして山頂のこの寺で観世音の御前に祈れば、帰りの無事も叶います」
「どんな和讃でござろう……?」
直虎がすずやかな声で和讃を言った。
「重き荷を
担いて登れ
仏坂
法《のり》の功徳に
雲晴るるらん」

山県がうなずくと直虎は続けた。

「その昔、行基菩薩がこの地に隠遁禅念したもう時、五佛を建立されました。本尊を三ヶ日の摩訶耶《まかや》寺に置き、四佛の真ん中を四方浄土と名付け、この世の浄土を此の地に現前されました。四佛はすなわち、東方川名《かわな》の薬師如来、西方的場《まとば》の阿弥陀如来、北方別所《べっしょ》の釈迦如来、南方此の地の仏坂十一面観世音菩薩となります」

「それで……」

山県は次を待った。直虎は顔引き締めて言った。

「明日、この仏坂は戦場となりましょう」

「御貴殿方が手を退かれれば別だが、戦場となる事は避けられぬことでござろう」

「とすれば、この竹馬寺は焼かれましょう」

「多分そのようになろうやも知れませぬな」

「寺の焼かれるのは致し方ないとして、御本尊様だけでもお助け申し上げたいと思います」

「なるほど分かる話でござる。で、どうすればいいのでござるか」

「御本尊様をお運び申し上げる間、戦仕掛けを延ばして頂きたくお願い致したいと思います」

直虎の話がやっと結論に到達すると、山県は背筋を引き締めた。

「十一面観世音とは、それほどにここの村人の尊崇を集めてござるか」

「その通りでござります」

それを聞くと山県は直ちに断を言い渡した。

「左様でござるのか、ならば渡す訳には参り申さぬ。ご本尊は人質として拙者が預かり致さねばなりませぬ」

山県の決意のこもった声音に、村人達が騒ぎ始めた。

「人質……。それはご無体な……」

「これが戦の駆け引きというものだ。

人質さえこちらにあれば、相手も無駄な戦は仕掛けまい。渡さぬぞ」

山県は村人達に向かって睨みを利かせて言った。

直虎は山県の顔を見つめ返して言った。

「さあ、困りました。この観世音は行基菩薩のお手作りで……」

「それは聞き申した」

山県は髭を撫でた。

「四方浄土の南の守り本尊で……」

「それも聞き申した」

山県は天井を見つめた。

直虎は困惑顔で、

「はてさて、困りました。如何致しましょうぞ……。はてさて……」

しばらく膝上に重ねた手を小刻みに動かしていたが、その手をはたと打った。直虎は突然すずやかな声を張り上げて調子よく語り始めた。

「そもそも将軍の始まりは……」

その突然の調子良さに山県がついつり込まれた。

「なんですと、将軍の始まりですと……？」

直虎は構わず続けた。

「……そもそも将軍の始まりは、坂上田村麻呂大将軍にして……」

直虎は調子に乗った。山県が膝を乗り出した。

「田村麻呂将軍が何と致しました？」

「勅命を受け賜って、夷狄《いてき》を討ち取らんと、威風堂々、鈴鹿の山に差し掛かれば、此の山に千年住んで世を乱す鬼神共、千の鬼となって現れ出で、将軍の前に立ちふさがり、行く手を遮り、邪魔楯せんと仁王立ち……」

「ふむ」

「その時、将軍少しも騒がず、清水寺《きよみずでら》の観世音を念ずれば。奇瑞たちまち現れて……」

そこまで聞くと、山県は立ち上がって直虎を制した。山県は直虎が何を言おうとしているのか分かってきた。京清水寺の観世音を持ち出して、この仏坂の観世音と比べても、ここの村人にとってはその有り難さに於いて何変わるものではないことを言いたいのであろうと理解した。

山県は直虎の顔を見つめてにっこりと頬を崩して言った。

「尼公の言われんとするところは相分かり申したぞ。皆まで言われるな、その後は拙者がお続け申そう」

笑みを浮かべながら山県は直虎の後を受け取って軍扇を手に取り、本堂を舞台に見立てると、キッと顔をあらため、自ら謡い舞い始めた。

〝ふりさけ見れば伊勢の海
安濃《あのう》の松原群立ち来たって
鬼神《きじん》は黒雲《こくうん》鉄火を降らしつつ
数千騎に身を変じて
山の如くに見えたる所に

―途中から直虎も村人達もてんでばらばらながら謡に加わった―

あれを見よ　不思議やな
味方の軍兵《ぐんびょう》の旗の上に
千手観音の光を放ちて
虚空に飛行《ひぎょう》し
千の御手ごとに
大悲の弓には
知恵の矢をはめて
ひとたび放てば千の矢先
雨あられと降りかかって
鬼神の上に乱れ落つれば

ことごとく矢先にかかって
鬼神は残らず討たれにけり
ありがたし　ありがたしや
まことに呪詛諸毒薬《じゅそしょどくやく》
念彼《ねんぴ》観音の力を合わせて
則ち還著於本人《げんじゃくおほんにん》の
敵は滅びにけり
これ観音の佛力なり〟

山県が舞い終わってピタリと最後の形を決めると、村人達が手を打って囃し立てた。

「やんややんや、お見事、お見事。さすが今田村麻呂。観世音の化身かと見まごうばかり！」

褒めすぎるな、と照れながら山県は元の場に直った。自分を田村麻呂将軍となぞらえられた気分良さか、直虎のすずやかな声に乗って舞ったうれしさか、山県も和らいだ。

「尼公の願い事は相分かり申した。宜しゅうござる。お運び申し上げよ。だが、戦を延ばす訳には参りませぬ。一日の日延べは相手方にそれだけの準備補強をさせる。我が軍の旗印を知っておられような」

言いながら山県は直虎の顔を覗き込んだ。

「風、林、火、山でござりますな」

期待通りの直虎の答えに、得たり顔の山県は続けた。

「左様。疾きこと風の如しの孫子の法を破る事は出来申さぬ。明日の夜明けには法螺貝が鳴り申す。それを合図に戦は始まりますな」

「そこをなんとか……」

「……なりませぬ」

そう言いながらも山県は顔を和らげた。

「今夜の内にお運び申せば宜しかろう」

と話を持ちかけた。

「兵士に命じて拙者が運ぶ手だてを整えさせよう。ところでその十一面観世音のお姿を拝したい」

山県はあらためて直虎の顔を見た。直虎は十一面観世音を指さした。

「うしろに……」

「この仏か。なるほどご立派な観世音様だ」

「行基菩薩お手作りの杉の一木造りで、身の丈は六尺あまり」

「見事だ。それにお顔がなんとも言えぬ慈顔だ。百姓達がお助けしたいという気持ちもよく分かる」

山県は相槌を打って兵に命じた。

「誰かある。

観世音をお包みするさらしを持って参れ。それに綱、担い棒、松明も持て。

さらしをご尊像に巻け。分厚く巻け。傷が付かぬようにだ」

その時、この有様を物陰から盗み見している沢山の眼を発見した山県は大声を出した。

「こら！　隠れている井伊の兵共、現れ出でて合力を致せ」

山県の大声に駆り出されたように、十人ばかりの井伊兵がぞろぞろと這い出して一堂に合力した。山県は更に続けた。

「さらしを巻き終えたならば、綱を掛けよ。担い棒を渡せ。どうだ、担げるか。それでよし。ご尊像を庭へお移し申せ。

誰かある、酒を持て。

百姓共や井伊の兵共に振る舞ってやれ。

お前達も飲むがいい。

それ、車座になれ。

あたりも暗くなったによって篝火を焚け。

明日は戦となる。

他己《ひと》をも自己《われ》と覚《し》るならば、これぞ菩薩の浄土なり、せめて今宵は敵、味方を忘れて心行くまで飲むがいい」

てきぱきと命令し終わると山県は、本堂前のさほど広くはない庭に移り床几に腰を下ろした。

「祐圓殿……と申されたな。まずは一献召されよ」

山県は直虎に杯を取らせ、

「般若湯でござる」

と注いだ。直虎は恥じらいを見せながら、

「ごちそうになります」

僅かを口に含んだ。

村人達と井伊兵達と山県兵達が、庭先の観世音を中に車座になって酒を酌み交わし始めた。山県兵が井伊兵に、井伊兵が山県兵に、そして村人達に、杯を回し瓶子を傾け、酒を勧め合った。つい先ほどまで敵として睨み合っていた相手も、間近に見れば何ということもない唯の人間同士であることを、両軍兵士はあらためて思い知った。更に想いを巡らせば、何故に人間同士が相争わねばならぬのかの空しさに思い至る。

真ん中には白布に包まれた十一面観世音、それが篝火に照らされて晩秋の闇にくっきりと浮かび上がり、心通わせた両軍と百姓達は観世音の功徳と酒に酔いしれた。宴の半ば、般若湯に微酔した竹馬寺の鉄山和尚が白布に覆われた観世音に向かって般若心経を唱え始めた。

「観自在菩薩　行深般若波羅蜜多時……」

それに合わせて、村人達、井伊兵達も、茶碗を叩き、瓶子を打ち鳴らして唱え和した。

「照見五蘊皆空……」

すると、事の成り行きを見ていた山県兵達も、突然、それに口を合わせて唱え加わった。

「度一切苦厄　舎利子……」

敵と味方、その垣根が取り払われて、一座は観世音を中にして一心となり一体となって唱え和した。それは、しばし戦を忘れた兵士達と村人達の歓喜の大合唱、大輪唱となって山間《やまあい》に轟きわたり、山を揺るがすこだまとなって仏坂に響き返って来た。四方浄土の名のままに、篝火に浮かび上がった菩薩像から放たれる無辺法界の光と和して、この世ながらの補陀洛浄土を現前させた。

山県三郎兵衛はこの有様をじっと眺めていたが、やがて頃合いを見て命令した。

「夜も更けて来た。

さあ、百姓共、ご尊像をお運び致せ。

それ兵共、松明を持って先導してやれ。

今は戦は仕掛けるな。

戦は明日まで待て。

祐圓殿、それに百姓達、では出立致せ」

直虎は上気した顔を更に篝火で火照らしながら山県に礼を述べた。

「なにからなにまでのご配慮、有り難うござりました。我ら一同心嬉しく下山できまする。このご恩は長く後世に残りましょう」

一同が立ち上がろうとしたとき山県が突然大声を上げた。

「おや、百姓達の中に子供が交じっているのか」

それは一瞬、直虎や村人達をたじろがせるのに充分であった。村人達が騒ぎ出した。

「ただのお供でございます。付いて来たいと申すので……」

一同のうろたえ振りは山県にも見抜けた。

「その人品骨柄、ただの百姓とも思えぬが」

「ただの百姓にございます」

「そうしておこう。その子供と話がしてみたい。名はなんという……」

山県の問いにその子供ははっきりと答えた。

「平三郎」

「歳は……」

「十四歳」

「十四歳？　何故にここまで付いて来た？」

「私は今、母を遠くに置いております。この十一面観世音のお顔と母の顔とが重なり合って見えました。この観世音をお運びすることが叶いましたならば、ぜひ、担ぐ手助けを致したいと思いました。それは、我が母を背負うことと同じことになろうかと思い至りました」

「それほど母に逢いたいのか」

「逢いとうございます」

事態の急を感じた百姓達と直虎は下山を急ぐばかりに立ち上がると、山県は大声を発して一行を呼び止めた。

「待て！　……」

「……」

少年は山県に背を向けたまま立ち止まった。直虎が少年をかばうように山県の前に立ちふさがった。井伊兵と村人達に緊張が走った。その緊張を無視するように山県が続けた。

「尋常ならざる物腰。敵方の大将と見た！」

「……」

「十四歳と聞いて合点した。母を遠くに置いたと聞いて合点した。鈴木石見守に相違無かろう」

少年は山県へ向き直った。

「……いかにも鈴木石見守重好にござる」

それを聞くと山県は居ずまいを正して声を和らげた。

「やはり石見守殿でござったか。

城明け渡し、そして一糸乱れぬ退きざま、見事でござった。この山県、感服つかまつった。ここで逢うことが出来たのも何かの縁、城に残し置き下された竜胆一輪の返礼に、ささやかながら手みやげを用意致した。受け取られよ」

山県は兵に命じて一人の女性《にょしょう》と数人の供の者を前に連れ出した。

「観世音菩薩のご功徳により、お預かりした貴殿の母者《ははじゃ》をお返し申す。菩薩の慈顔と母者の顔とが重なり合って見えたという貴殿の言葉が儂の心に突き刺さった。受け取られて末長く孝養を尽くされよ」

眼前に母の姿を見た石見守に喜びが走った。

「遠慮召さるな。受け取られよ。我等は力一杯戦うによって、貴殿等も存分に働かれよ。だが、明日の戦には手心は加えぬ。石見守殿、さらば明日、この仏坂で相まみえようぞ」

言いながら山県は武将の顔に戻った。その顔から、戦の空しさを言う影は既に消えていた。

「山県殿、数々のご配慮かたじけない。さらば私は十一面観世音と母をともなって、この坂を下ることと致します。明日の一戦は心置きなく戦います。山県殿の兜首を目指します」

石見守も母を恋う少年から、一方の大将としての顔に戻った。

「頼もしや。明日が楽しみじゃ」

山県の顔にも満足感が浮かんだ。

両軍の間にこの出来事は暗夜の一つ灯のような仄かな想いを残した。だが、杯を交わし、手をとりあった「友」も、一夜明ければ「敵」であるというその非情さに双方は目眩む想いであった。戦場では、杯を交わした相手と目が合った。両軍は昨夜の心の通い合いを打ち捨てて、何故戦わねばならぬかの無念さを心の片隅に抱えたまま槍を取って向かい合わねばならなかった。

元亀三年十月二十二日、両軍はこの仏坂で激突した。戦いは山県勢の圧勝で終わった。双方の戦死者八十余名、三方ヶ原の合戦はこの二カ月後である。

山県三郎兵衛昌景は三年後の長篠合戦に於いて戦死する。徳川家康は敵ながら山県三郎兵衛の士道を敬愛し、武田家滅亡後は山県の赤備え具足の兵を引き取り、「仏坂」で敵対した井伊家の配下に属させて、そのまま「井伊の赤備え」として伝承させた。

竹馬寺は灰燼に帰したが、御本尊十一面観世音菩薩は無事に残った。

三、虎松出仕

三方ヶ原の戦が嵐のように過ぎ去って、今、束の間のやすらぎをこの井の国の人々は噛みしめている。

直虎は浜松から聞こえてくる徳川家康の噂に、それが井伊家を壊滅させた武将とはいえ、人に勝れた器量の持ち主であるらしいことを聞き、何時かは目通りしたきものとの思いを持つようになっていた。井伊家は一旦は家康によって潰されはしたが、残る家臣団を寄せ集めても再興を果たしたいと、直虎は当主としての責任を重く抱いていた。そして今年元服の歳を迎えた虎松を当主と立てて、井伊家の再興を図ることこそ、何よりも先立つ自分

仏坂

の仕事と考えていた。

そのためには、井伊家の敵であったとはいえ、人に勝れた武将と噂されている家康の前に膝を屈しても、虎松の将来を託してみようという意志を固めつつあった。

「浜松の徳川殿は『欣求浄土《ごんぐじょうど》　厭離穢土《おんりえど》』を旗印として戦をなさると聞きますが」

直虎は南渓に話しかけた。

「そのように聞きますの」

「少し身勝手とは思いますが、御仏を楯にして戦をするなどは」

「戦をする者には大義名分が必要なのじゃろう。その名分によって兵達の士気も変わろうというものじゃ。徳川殿の本心の中には、あるいはそういった志が無いとはいい切れぬ。きっとあるのでしょう。

我が井伊家は徳川殿に潰されたとはいえ、この井伊家の長年の確執相手であった今川殿を、この遠江から追い払ってくれた。考えようによっては、これは井伊家を自立させる良き機と思わぬこともない。

徳川殿はお若い。これから大きくなる人と考えれば、賭けてみる価値はあるかも知れぬ」

「そのことは私も考えております。

虎松殿の事、そろそろと思いますが……」

「そろそろじゃな。早いものだ、虎松ももう十五歳か」

「私は虎松殿を徳川殿にお預けしてみようと考えておりますが……」

「儂もその事を考えていた。お目見えの手はずは……？」

「出来ております。その日の為に虎松殿に着て頂くように小袖を縫っております」

「それはそれは。よく似合うじゃろう。前髪は落とすのですか」

「如何いたしましょうか。私は落とさずにそのまま出仕させようと思いますが……」

「それもいい。家康殿に烏帽子親《えぼしおや》になって頂ければ目出たきこと。そうしなされ。

そうじゃ、忘れていた、儂はこれから猫の仔を配りに村々を歩かねばならぬ。寺の仔猫を待っている衆が多いからの」

「ご老師、ご苦労様です。仔猫の注文が沢山あってようございますこと。だけど、ご老師が皆にお会いになるのは、仔猫のことばかりではございませんね」

「分かるのか」

「おおよその事は」

「三方ヶ原の合戦で本堂、庫裏が焼け出され、今は仮屋の忍び住まい。なにしろ井伊家は財政逼迫、寺の賽銭箱《さいせんばこ》を逆さにしても足りぬ。この難局を切り抜けるためには……、仔猫をだしにしても……、借りねばならぬ」

「虎松殿のお支度のことなれば、ご心配にはおよびませぬ。いささかの蓄えもございますれば」

「虎松の出仕にあたり、祐圓が小袖を祝儀するのであれば、儂も具足の一揃えくらいは進ぜねばならぬ。祐圓に心配はかけさせぬ。行くとしようか」

「まぁ、ご老師、仔猫をつかんで、すっくと立ったお姿はお見事ですこと……」

「その姿は……」

「南泉《なんせん》ならぬ、南渓斬猫《ざんみょう》の図」

「南渓、南泉に化けて一稼《ひとかせ》ぎじゃ」


三方ヶ原東端の一角大菩薩山。

家康にとっては聞きたくもない山の名である。武田信玄はこの山から三方ヶ原へ侵入した。家康は信玄の軌跡を確かめるように、ここで鷹狩りを興行した。今、三方ヶ原に人影は無い。三年前にここで吹きすさんだ嵐は何事かを忘れたように静まり、若草が萌え、禽獣が遊び、空と地は霞むばかりに溶け込んで、あの日の修羅を語ることもない。

その大菩薩山の一角で直虎と虎松は家康一行が現れるのを待った。先年、虎松の実母は実家の奥山家の計らいで浜松・松下家へ再嫁していたので、その松下家との打ち合わせもあった。

直虎は自分が仕立てた小袖が、思いの外虎松がよく着こなしてくれていることに嬉しさを覚え、小袖、よう似合いますぞと一声褒め、家康殿の前へ出ても見劣りは致しますまいと虎松に自信を持たせた。そして今日は虎松殿が父上のご意志を継いで井伊家再興を図る目出度い日であることを言い、虎松殿の晴れの日であることを言い聞かせた。

直虎が草の上に座り、虎松へも座るように指図した。

「叔母上、草の上へ座るのはお体が冷えませぬか」虎松が気を遣った。

「今日はそなたのめでたい日。わたくしは嬉しくて心が躍っております」

言いながらも土の上に座ればさすがに冷気は身を責めた。

「もう何年も昔の事、虎松殿の大おじいさまはここで戦死をなされたのですよ」

直虎は家の昔を虎松に言い聞かせるように語り掛けた。

「大おじいさま、つまり、直平公の戦死によって井伊家には当主がいなくなりました。それで、この私がお家を預かりました。虎松殿がご成人なさるまでとのお約束で。

そのお約束の日が今日なのです。今日からは貴方が井伊家の当主なのです。家康殿とのお目見えが叶いましたならば、家名再興の為に存分にお働き召されよ」

「私もこの井伊家が何度も没落しそうになるのを見てきました。そしてそれを乗り越えて来た事も知っています。叔母上のご苦労も身に沁みて知っております。もしかして叔母上はまことの母親ではなかろうかとさえ思った事もありました。

お伺いしてもよろしいですか」

「何でしょうか」

「父直親と叔母上との間にどのようないきさつがあったのでしょうか。もしかして父は叔母上がお好きだったのではございませぬか」

「おほほ、何のことかと思いましたら、お父上の若き頃を語れというのですか。さぁ、困りました」

「私は、若くてお美しい叔母上を見るといつもそのことを思います」

「光栄ですこと。

亀之丞殿、いえ、直親殿のご生涯は決して平らかなものではありませんでした。直親殿のお父上、つまり、貴方のおじいさまは、今川家への謀反の兆しありと疑われて駿府で誅《ちゅう》されました。そして直親殿にも今川の追っ手が迫りましたので、井伊家では直親殿を信州へ落去させました。直親殿九歳の時でした。やっと今川殿の許しがあってこの井の国へ帰られたのは、二十歳を過ぎて立派な侍となられてからでした」

「私がお聞きしたいのは、あの時、叔母様はどうなされたかということです」

「そうですか……、言ってしまいましょう。

直親殿、井の国落去のときは、私もまだ幼い頃、でも、行く行くは二人は夫婦になると、互いに感じてはおりました」

「やはりそうでしたか」

「でもあの時の世の勢いは、とても二人が結ばれる情勢ではありませんでした。結果として直親殿は十余年後に井の国へ帰られましたが、それはとても予見する事は出来ない有様でした」

「そのため、叔母上は出家されたのですね」

「出家するということは、ただ単に世をはかなんだとか、棄てたとかいうこととは異なります」

「どうしてですか」

「志の問題です。逃れて出家をすることもあれば、高きを求めて出家する場合もある訳です」

「で、叔母上はその高きを求めて出家されたのでありますね」

「さぁ、そのどちらでもあるでしょうか。私とて、それほど強き人間ではありませぬ」

「南渓様のもとで修行されて、悟りを開かれたのですか」

「とんでもございませぬ。悟りなど、なま易しい修行で得られるものではありません。でもね、最近分かってきたことは、逃れて出家をしても、求めてしても、得られる境地は同じものであるということかしら。

虎松殿、直親殿のご苦労同様に、私も乱世の悲しみは一通り味わいました。その為に、人の心がよく分かるようにはなりました。それを悟りと言えば言えるものかも知れませんね」

「私は父の顔を覚えておりません」

「お父上直親殿がご戦死なされたのは、虎松殿が生まれて間もない頃でしたから無理はありません」

「私が子供の頃、母と叔母上とどちらが本当の母親なのかと迷ったこともありました。それほど叔母上は私を可愛がって下さったのですね。叔母上は父・直親への想いを私に託されたのではございませんか」

「……」

「元服する歳になって、ようやくそのことが分かるようになりました」

「そこまで分かっておられるのならば、私からあらためて言うことはありませんね。その通りです」

「やはり……。叔母上の心の中を覗いた訳ではありません。一度確かめてみたかっただけであります。お許し下さい」

「いいのよ。虎松殿も物事が分かるようになった事、嬉しく思います」

「父は何故今川殿に誅されたのですか」

「徳川殿に内通したと疑われて、駿府へ呼ばれました。直親殿はその申し開きのため駿府へ向かう途中、掛川のご城下でご生害されました」

「おじいさまと同じ命運を辿られた訳ですね」

「そうです、それで虎松殿へもまた追っ手が迫りました。今度は私が貴方を三河の鳳来寺へ落去させました。

　でも時の勢いというものはどうしようもありません。今川殿のお力も年毎に衰えられて、今は徳川殿が日の出の勢い、それで直親殿のご遺志を継いで、虎松殿の本日の徳川殿へのご出仕となった訳であります」

　二人の語りが一段落した時、虎松が大声を上げた。

「もしやあれは家康殿ではありませぬか」

　直虎も立ち上がって遠くに眼を据えると鷹狩り姿の一団を認めた。

「あれは家康殿に間違いありません」

　その騎馬の武者達が真近にせまると二人は枯れ草の上に平伏して待った。

「お屋形様、あれを……」

先導の異形の者が家康を促して二人を指した。その男は松下常慶《じょうけい》と言い、表面上の職分は秋葉神社の札配りであるが、その実は家康麾下の細作《さいさく》の頭領の一人として家康の浜松経営の尖兵となって縦横の働きをしている。つまり、虎松の実母の再嫁先松下家の一門である。

「何者か」

家康が常慶に問いただした。それを受けて常慶が直虎に目で返事を促した。

家康は直虎と常慶の双方の顔を見比べて、二人の間に何かあるな、と感づいたようであったが面には出さずに促した。

「何事か、申して見よ」

平伏していた直虎はきりっと顔を上げて家康を見上げた。

「我らは前肥後守井伊直親ゆかりの者にござります。これなるはその直親が遺児虎松にござります。直親、かって徳川様にお味方申し上げんとして事露見し今川殿に誅され、それがためこの虎松も今川殿に追われ、今日まで忍んで参りました。本日のお鷹狩りを良き日としてお目見えを賜わりたく参上致しましてござります。何卒この虎松をご配下の一人に加えられますよう、伏してお願い奉ります」

臆する事なく、直虎は対面の挨拶を述べた。

家康は突然の出来事に戸惑ったふうであったが、直親の事は忘れもせぬ事件であった。意を通じた直親が遠江掛川において謀殺された事は痛みとして心に残っている。その遺児が目の前に現れたとなれば捨て置く訳にはいかない。家康は馬を下り、二人の所へ寄って言葉を掛けた。

「その方らは肥後守殿の縁者か。

直親殿がことは俺の心の痛み、いつかは償《つぐな》いをと思っておった。

虎松とやら、顔を見せい」

言いながら虎松の顔をしばらく眺めていた家康は、ふと思うことがあるのか手を打った。

「十五歳と言ったな」

虎松がぎこちなく答えた。

「左様にござりまする」

「そうか、我が家の三郎信康は十七歳になるが、二つ違いだな。

それにどことなく顔も似通った処がある。

そうか瀬名の母親が井伊家の出と聞いたことがある。さすれば虎松と三郎は又従兄弟くらいになろうか。三郎は今岡崎城にあって、拙者も忙しさに追われてしばらく顔を見ていないが、その方ほどの若衆姿となっていような。

相分かったぞ。

虎松とやら、どうだ俺の旗本となるか」

「かたじけなく承ります」

虎松が頬を紅潮させて、若者らしい一途さで答えた。家康は、

「そうか、ついて参れ」

と大声し、馬に飛び乗った。そして、先ほどから気に掛かっていたらしい、直虎のたたずま

いに眼を向けた。しばらく直虎の顔を穴の開くほど眺めていた家康はもう一度手を打った。

「そうか、似ている」

内室の瀬名殿が法体となれば、これほどの爽やかな面立ちにもなるのであろうと、その似通いと井伊家、今川家の血のつながりに頷いた。家康は直虎に言った。

「そこもとはこの虎松という若者の母者か」

母という言葉に直虎はいささかの恥じらいを見せながら答えた。

「私は虎松の叔母にあたる者で、去る年、尾州桶狭間に於いて戦死致しましたる信濃守直盛が娘にございます」

聞いた家康は飛び上がらんばかりに驚いて馬を下りた。

「何？　あの信濃守殿の御息女でござったか。それがしはあの時、信濃守殿と同道でござった」

それを聞くと直虎も、父の最期の時に道を同じにしたという家康の言葉に驚いた。もしかして父の最期の有様を家康から聞くことが出来るかも知れぬ思いから、顔あらためて訊ねた。

「あの時、父は如何でございましたか」

家康は昔を思い出すように眼を空に上げて言った。

「それがしは大高城へ兵糧を運び入れるため桶狭間より一足先に出立したが、それまでは信濃守殿とは同道の上、自分の父親の如くによく面倒をみて戴いた。

桶狭間ではそれがしはあの場に居合わせたものではないが、兵達の話を聞き集めれば、信濃守殿は今川殿本陣より離れた処に陣屋を構えられ一休みされておられたが、今川殿が急を襲われたと知るや直ちに幕下に駆け付けられ、今川殿を守るために、織田殿の軍勢を相手に今川お旗本衆ともども見事に獅子奮迅のお働きをなされ、遂に刀折れ御武運つたなくなられたという。そのお働きは敵味方讃えぬものは無かったと言われた」

多少の慰めを込めて言ったであろう家康の言葉ではあるが、その時の生々しさを直虎は偲び取り、胸が熱くなり、眼が潤むのを覚えた。

家康は直虎を見つめながら言った。

「そこもとがあの信濃守殿の御息女であられたとは全くの奇縁」

「我が井伊家は去る年、徳川様に攻められ一度は崩落致しました。そのことは強きが残り弱きが消える乱世のならいとてお恨みは申し上げませぬ」

「あの永禄十一年、たしかに我等は井伊殿を攻め申した。あの時、井伊殿は今川殿に義理を立てられ、我等が井伊領を通過するを妨げられたによって致し方なく弓引き申した。しかし、ここに至っては今川殿に義理尽くされることもござるまい。如何であろうか、これよりは我等が手の内となってお働き召されては……」

「我が願いは、今一度、この井伊家を陽の当たる場へ置くことにござります。この虎松にその願いを託しております。この虎松を徳川様にお預けする限りは、犬馬の労は厭わせぬ所存」

「頼もしや。お預かり申すぞ。

そこもとのお名はもしや女地頭と名も高き次郎法師直……、直……」

「如何にも、次郎法師直虎にござります」

「その美しきお姿をもって直虎などと武張った名乗りは、全くもって名は体を表さぬもの、この乱世を乗り切るための致し方なき名乗りとは申せ、そのご苦労や偲ばれますぞ」

「恐縮にございます」

「年頃もそれがしと同じほどとお見受け致す」

直虎も家康が自分と同じ年頃と見て親しみを覚えた。

「されば、この虎松なる若者、お預かり申す。一旦は我が手で攻め取ったる井伊の名を、再び高からしめるよう、この虎松に功名手柄を立てさせよう」

家康は馬に飛び乗り、直虎に笑顔を見せてから、先導の松下常慶に言った。

「常慶、そこな直虎殿とは……」

「失礼をば申し上げました。親類にございます」

「常慶め、謀りおったな……！」

一笑して鞭《むち》を当てた。

家康が走り、家来達が従い、そして虎松も追いかけた。

直虎・祐圓尼は草の上に座したまま深々と頭を下げその後を見送った。その影が小さくなっても、そして消え果てても身を上げようとはしなかった。草の上の直虎に安堵のつぶやきがもれた。

「これでわたくしのお役目は終わりました」

その場に一人残された直虎は、大きな充実と深い虚脱に身をゆだねた。直虎・祐圓尼は己が草となったばかりに土の上に座り続けた。

四、峠にて

家康に出仕した虎松は、井伊家という家柄を慮られて家康側近として重用され、徳川家でも由緒ある万千代という名を許された。天正七年も盛りの春を終えようとして、高天神での戦ばなしも聞かれ、その中で万千代が家康の側近くに仕えて功名手柄も目出度いとうれしい噂も伝えられて来た。

その頃、直虎という名乗りを返上した祐圓尼は龍潭寺で見知らぬ中年の婦人の訪問を受けた。十歳ばかりの子供と数名の従僕を同伴していた。婦人は、龍潭寺に祀られている山村修理太夫殿を供養したいと言った。永禄十二年、季節も今と丁度同じ春の盛りの頃、祐圓尼は南渓和尚と共に気賀堀川城で戦死した将士の供養をしたことを思い出した。そしてその中に山村修理太夫の戒名、

浦雲宗珠禅定門

があったことは鮮明な記憶になっていた。

永禄十二年、徳川家康の遠州侵攻に逆らった気賀・堀川城兵は家康と一戦を構え、その多くが戦死した。その将兵の中に山村修理太夫の名があった。

「すると、もしや貴女様は山村修理殿のご内室様？」

祐圓尼は胸突かれたように婦人の顔を見返した。

「私は去る年堀川城で戦死致しましたる山村修理太夫の妻でござります。その折にはたいへんにお世話戴きましたとのこと、風の噂に聞き及びました。まずもって御礼申し上げます。戦の後、私は信州の山深き処に隠れ住んでおりましたが、険しき世なればその墓参りも叶わず、これまで堪え忍んでおりました。この度、意を決して倅と共に夫の供養に参りました」

修理の妻はそう語って目頭を押さえた。ここにも一人、戦世の無惨さに涙する人がいたことを、祐圓尼は他人事とは思えずに胸締め付けられる想いであった。

「さ、どうぞこちらへ」

祐圓尼は位牌堂へ修理の妻をいざなった。数ある位牌の中から祐圓尼は一つを取り出すと修理の妻の前に置いた。修理の妻はその位牌を抱きかかえるように手に取ると、

「これが修理殿の……」

と絶句し崩れんばかりの涙にくれた。少年も歯を食いしばって涙を堪えていた。その位牌の山村修理の戒名の隣には、同時に戦死した嫡男の戒名・宗渚禅定門も並べ書かれてあった。

修理の妻は龍潭寺へ来る前、昨日の夕暮れ時、夫が戦死したといわれる小引佐の峠で不思議な出来事に遭遇していたことを祐圓尼に語った。

堀川城を見下ろすことが出来るその峠で、修理の妻と少年は、数人の年老いた郎党達に守ら

れて、一休みした。郎党が手頃な石を見つけると、お方様これへ、とそこへ座るように勧めた。有り難うと言いながら修理の妻はその石へ腰を下ろしたが、すぐに立ち上がって、峠の下を見下ろし、

「城跡がよく見えますね」

と笠をかざした。

郎党は、

「城跡とは言いながら、何も残ってはおりませぬ」

と唇を噛みしめた。

「本当に何もありませぬな」

修理の妻も感慨深げに頷いた。

その堀川城は浜名湖の汀に築かれた、城と言うにはあまりにも小さな俄造りの、浮城にも喩えられていた砦であった。焼け残ったかも知れない逆茂木の一本二本はあろうかと見渡しても、芦と雑草に覆われて、城跡は平均となっていた。それでも少し離れた桜が、盛りの色を添えているのがわずかに心休めとなっていた。

「あれからもう十年ですもの、何も残っていなくとも、それが当然かも知れませぬ」

言いながら修理の妻はようやく石の上に腰を落ち着けた。

東西に長く連なるこの小引佐峠の北側はなだらかな山並み、南側は湖、その湖沿いのわずかな平地に城はあった。この峠からはその湖に続く岸辺に、落城した城の跡がよく見渡せる。

この峠に差し掛かる前は、湖からの風が頬を爽やかに撫でていたものが、夕暮れになってぴたりと止んで、新芽まじりの桜の花びらさえ揺り落とそうとはしなかった。息さえも止まっているのではなかろうかと見え、漂い来る花の匂いとともに、この世にもあらぬ一時を醸し出していた。

「母上、花を摘みました」

少年は摘み取った花を母親の手に渡すと、また走り出して峠のあちこちへ足を延ばした。今夕の泊まりはこの峠を下った寺と決めてあり急ぐこともない。

「私は一足先に寺まで行って到着を知らせて参ります」

郎党の一人がそう言うと、笈を背負った。

「お願い致します」

修理の妻はその後ろ姿へ声を掛けた。

「母上、こんなものが……」

少年が草むらの中から見つけたという細い竹を差し出した。婦人がそれを両手で受けて、

「まあ、征矢《そや》の折れではありませぬか……」

と、しげしげと眺め、その先端に残っている赤錆びた矢尻に目を止めた。こんな処にまで矢が飛んできたとは、その戦の激戦であったことを物語っているようでもあった。

「この征矢は母が戴きます」

修理の妻はそう言うとその矢を帯へ差し、少年へ言った。

「あなたも此処へお座りなさい。あなたが生まれた頃のお話をしましょう」

少年は素直に母の言葉に従い、草の上に座った。

修理の妻は峠の下に見える城跡を指さし、語り始めた。

「ほら、あそこに桜の木があり、今花が満開でしょう。その近くに平らな草地がありますね。あそこに昔、お城があったの。

十年前、それはあなたが生まれた頃のことですが、そこで激しい合戦がありましてね、多くの兵士やお百姓、それに老人まであの小さな城に立て籠もり、寄せ手の軍勢を迎え撃ちました。守り手も槍襖を構えてよく戦いましたが、多くの人が亡くなりました」

修理の妻はそこまで言うと、少年から目を逸らした。抑えようもなく湧き上がってくる涙の処置に困って、そっと袂へ涙を染み込ませた。

「それから……」

少年は母親へ続きを催促した。

「お城の守り手の大将……、それがあなたのお父上でした」

少年の目が誇らしげに輝き、次を待った。

「それで……」

「戦が近いことを覚悟なさるとお父上は、女子供をすべて遠くへ避難させました。それに従い私も山深い里へ、乳飲み子のあなたを抱いて隠れました。あなたの兄上はまだ元服前でしたけれど、お父上に従ってお城に残りました。元服前とはいえ、我が子をお城へ残すことは、守り手の大将として、大勢の兵士達へ示すせめてもの責任と考えられたのでありましょう。それにより城内の士気も盛んになったことでしょう」

「それでお城はどうなりました？」

「風の伝える便りによれば、城は落ち、多くの兵も戦死し、お父上も兄上もお亡くなりになりました。

それから十年、世も少しばかり平らかになりましたので、ご供養のために今日ここを訪れました」

「そうだったのですか、みんな居なくなってしまったんですね」

「日頃穏やかなこの里の人々も、敵に攻められれば、やむを得ず、その面貌も夜叉羅刹と変え、仕舞い込まれていた槍の埃を払い、錆を砥石に掛け、鍬持つ手にその槍を持ち替え、具足のほつれを紡《つむ》ぎ直し、それでも甲《かぶと》の前立ちだけはその家の証しとして、家紋も誇らしげに派手を見せ、それぞれが、てんでばらばらの出で立ちながら、士気も盛んに、兵達は城に集まりました」

「それでも戦には負けたのですか」

「御武運は味方されず、敵方に落とされました。

お父上も兄上も、御戦死なされました。

「そして私の手元にはあなただけが残されました」

そこまで語ると修理の妻はようやく誰はばかることなく涙を拭いた。修理の妻は荷物の中から白木の仮位牌を取りだした。

「このご位牌の、
宗珠《そうじゅ》禅定門
と書かれてありますのがお父上の、
宗渚《そうしょ》禅定門
は兄上の御法名ですのよ。

あの城跡が見える処へ置きましょうか」

修理の妻は城跡に向けて仮位牌を置いた。

「お方様、香を焚かれますか」

老いた郎党が言うと、

「でも火種が……」

と修理の妻がためらった。

「火種は持っております」

「まあそれは用意の良いこと」

郎党は火縄筒から火縄を覗かせ、ふっと息を吹きかけて火を盛んにした。修理の妻は郎党から火縄を受けると、平らな石の上に香を載せ、それへ火を移した。香の煙と香りが夕闇の中に漂い、一行は手を合わせ瞑目した。

その時……、黄昏時の薄闇の中、香煙を透かして見える向こうに一人の老田夫が立った。いつ、この峠へ登って来たのか、あるいはすでにこの峠に一行が来る前から居たのか分からぬほどに、いつの間にかそこに立っていた。手に持った農具は、むしろ杖としての役に立つほどに腰は後ろに引けていたが、たそがれ時の空気が止まったような薄闇の中に突然のように目の前に現れた老田夫の姿は、あやかしか、とも見え、一行は一瞬の戸惑いを抱いた。だが、この辺りの人間ならば十年前の出来事を、見知っているであろうとの想いから、

「もし……」

迷ったすえ、修理の妻は老田夫に声をかけた。

「ここでは以前、戦がありました。その時の事、覚えておられましょうや」

問われて老夫は、地の底から湧き上がるような声音で荘重に口を開いた。

「忘れてなるものか、昨日のことのように……」

覚えているという言葉を呑み込んで老夫は口を閉じた。

修理の妻は言葉を追った。

「あの城の落城の様子、お聞かせ下さりますか」

重ねての問いかけにやっとその気になったらしく、老夫は農具を杖に、腰を伸ばすと、目を峠の下はるか城跡に向け、一息吸うと語りだした。

「あれは今から一昔前のことでござった、頃は弥生の末つ方と覚えている、花に恨みの山嵐、

しばし止めよの願いさえも、天に通じる間もござらなんだ。

あの城の堀は浅く、逆茂木さえも空しくて、寄せ来る波に耐えかねて、干戈交えるつわもの共の、今ぞ命の捨て所と、獅子吼するこそ一際哀れでござった」

詠うように呟く老夫の声に、じっと耳を凝らして聞き入っていた一行は、一様に袂を目に当てて涙を押し止めた。少年も神妙に聞き入った。

老夫は一行の様子も目に止まらぬように話を続けた。

「寄せ手は、三千の兵を引き立て、城の東、岸辺の突端に陣所を構え旗を立て、あの城へ攻め寄せた」

老夫は目を見開き、耳を城跡へ向けると言った。

「それ、耳を澄まされよ、聞こえるであろう、銅鑼、太鼓の乱拍子が……、鉄砲の音が……、鬨の声が……」

涙を振り払った修理の妻の耳と目が、眼下の城跡に釘付けされると、口元が引き締まり眉が逆立った。

「あの城は湖に浮かぶ浮城なれば、潮の満ちたる時は攻め難く、潮干たる時を見定めて、寄せ手は刈り集めたる茅を城の周りに敷き詰め、えいおうの声すさまじく、鉄砲、火矢を放ちつつ、逆茂木を乗り越え乗り崩し攻めたてたのでござる。

城内の勇士、槍襖を立てて応戦したれど、攻め入りたる敵遂に城郭に乱入したれば、城内の勇士、奮戦すれども利あらず、大方は斬り死に致された」

老夫は一気に語り、一息ついた。

修理の妻は老夫の語りの生々しさに少年の肩を引き寄せて抱きしめた。

そういえば、風の噂では、城兵の多くは戦死したにもかかわらず、敵方にもそれなりの打撃を与えたと言われていた。戦の常として、戦の後には双方にそれぞれの物語が生まれる。勝者には輝かしい手柄話が声高に語られ、それは誇らしげに、おそらく子々孫々にまで継がれていくことであろう。敗者にも、ひそめた声であるにせよ、勝者に劣らぬ語り草がある。よしやそれが怨念によるよらずに関わりなく、そしてそれも語り継がれて行かなければならない。それにつけてもこの老人は、敗者を代弁する語り部なのか、一行は不可解な気分に満たされた。重苦しいしばしの沈黙が続いたあと、うつむきがちの顔を上げて修理の妻は訊ねた。

「副将の尾藤主膳殿は如何なされましたか」

老夫はきっと腰を張り、城より更に遠く、湖上に霞む親城に目を向けて語り継いだ。

「城落ちんとする時、尾藤殿は二、三十人ばかりの手勢と共に舟にて城を抜け出られ、湖上一里を隔てた親城へ向かわれた」

「尾藤殿は親城へ抜けられたのでござりますか」

「いかにも。

されどその時、親城もすでに寄せ手に取り囲まれ、城へ入ることは叶う筈もなかった」

「それで如何なされました……」

「その先は、言うも無惨なこととなり申した」

「と言われますと……」

「尾藤殿が舟にて親城へ着かれると、大城戸《おおきど》はぴたりと閉じられ、進退すでに極まって、覚悟の時となり申した。

尾藤殿は大城戸近くまで寄りつき、大声にて呼ばわれども、返事は返らず、もはやこれまでと尾藤殿をはじめとする将士、郎党は、大城戸を前にして杯を取り交わし、終の別れを惜しみつつ、互いに刃を刺し交えて、命半ばを捨て申した」

「お可哀想に。

では、尾藤殿は親城の門前で亡くなられたのでござりますね」

「左様。その上更に悲しきことが出来《しゅったい》致した」

「どのような……？」

「尾藤殿が砂浜を朱に染めて崩れ落ちられると、城門の中よりはらわたを抉る女の叫び声が上がったのでござる」

「どなたでござりますか」

「城内におられた尾藤殿の内室でござる」

「まあ、ご内室が……」

「城兵の止めるを振り切って自ら城戸を開け、寄せ手が気を削がれる中をひた走り、尾藤殿の亡骸に取り付き、ひとしきりの涙の後、懐剣にて胸を突き、無惨やな、共に果てられたのでござる。

城を取り囲んだ寄せ手も、城兵も、その有様に涙せぬはなかったと申す」

老夫は腰を下ろすと遙か湖上を見やって一息ついた。

一行も老夫の目が見据えたかなたを伏し拝んだ。

親城の舘山寺城主はこの時、すでに敵方に降伏する意思を固めており、敵方との約定により、敵に頑強に抵抗している出城・堀川城の帰趨にはあえて手を差し伸べることは出来ず、そのため城門を開かなかったと伝えられている。おそらく尾藤主膳達は大城戸を力の限り叩き、大声で開門を求めたに違いなかった。大城戸の中では城兵達が、息を潜めてかんぬきを押さえていたであろう。目の前に立ち塞がる背高く厚い城門は、親城に見捨てられた出城の将兵にとって、絶望という名の行き止まりであった。

沈黙を破るように修理の妻は再び問いかけた。

「次将・竹田殿は如何なされましたか」

「竹田殿は……」

老夫は高まる感情を抑え、怒りとも悲しみともつかぬ声音で続けたが、やがて身振り手振りを大きく交え、声も荒げて戦語りをした。

「……押し寄せる敵を逆茂木の上より弓にて迎え撃ち、初矢、二の矢、三の矢とつるべ打ちにて射立て、矢尽きたれば、長槍にて突き立て突き返し、穂先折れたればそれを持ち替え、石突きにて敵を蹴落とし蹴散らし、獅子奮迅のお働きをなされたが、砦の一角が破られて敵兵乱入するや、二人の子息を側へ呼び、もはやこれまでと三人共に腹を召されて果てられた」

「竹田殿も……」

阿鼻叫喚であったであろう城内の惨劇を想い、一行は、涙を流すよりも、口惜しさに打ち震えて拳を握りしめた。

この時の状況を武徳編年集成、『三河物語』は次のように活写した。

堀川の城を攻める。この城は海浜にありて、潮満つる時は舟に棹さして出入りするのみにて、攻めるに便なし。潮涸れる時は城門一つの通路なれば攻めるに便あり。幕下の健士・小林平太夫、その弟・勝之助、平井甚三郎、大久保甚十郎、永見新右衛門ら、三方ヶ原にて刈り取りたる茅を城の周りに敷き詰め、潮干を待ちて先登りし、城門に取り付く。小林、平井、永見等十六騎たちまちに戦死す。然れども森川金右衛門をはじめ多勢続いて干潟より頻りに攻め入り、城兵をなで切りにし、遂に城郭を陥す。小林平太夫は二十五歳にして討ち死にす。大久保甚十郎は鉄砲に撃たれて二十三歳にて没す。

修理の妻はもっとも聞きたいと思っていることを心の底に秘めていたが、それをこの語り部に訊ねることに恐れと躊躇を抱いていた。本来ならば一番最初に訊ねたいことではあったが、それはおそらく修理の妻にとっては最も残酷な結末を明らかにすることになりかねなかった。修理の妻の迷いを最もよく分かっているのは郎党達であった。郎党の一人が修理の妻の顔を窺った。婦人が言い出しかねているのを察すると、郎党は膝を進めて、意を決し、ようやくに口に乗せた。

「主将・山村修理様は如何なされましたか」

その問い掛けを受けると、語り部の目が異様に光ったように修理の妻は見た。

老夫の顔に苦渋が浮かんだ。

しばらくの沈黙のあと、老夫は苦渋の表情を収めると、おもむろに口を開いた。

「城これまでと極まった時、小者が漕ぐ小舟に打ち乗り、燃え盛る城を後に、ようやくに岸辺に辿り着き、具足の重さに足取られながら、息絶え絶えに坂道を上り、この峠まで落ちのびて、振りさけ見れば眼下の城は、白煙黒煙を噴き上げて、阿鼻焦熱の様なれば、燃え落ちる城を眺めつつ、子息、郎党ともども、刃を交えて果て申した」

老夫は、枯れ木のような指先に気をみなぎらせると、主将の終焉の場所を指し示した。

「それ、そこもとが今佇む処……」

「修理殿は此処にて果てられましたのか……」

「……」

老夫はくるりと向きを変えて、その言葉を背中に聞き、漂う夕闇の中を遠ざかりながら、幽玄の彼方から漂い来るような声音で、突然歌一首を詠じた。

君なくて　芦刈りけりと　思うにも
いとどこの江の　浦は住み憂き

その歌は修理の妻がかって夫と交わした古歌の替え歌であった。

ここで戦が起きる二年前、都では名ある里村紹巴という連歌師がこの地を訪れたことがあった。それはこの地の者にとってはたいへんに名誉なことであり、紹巴を囲んでさかんな連歌会が開かれ、五十韻、百韻を巻いた。紹巴は郷民のもてなしを受けて、この地を離れる時、歌一首を主将に残した。

秋近き　窓を開けば　木の間より
西に光の　有明の月

紹巴が去った後、山村修理はその一首を前にその意を深読みした。西に光の、という言葉に心騒いだ。口にこそ出さなかったが修理が察するに、紹巴はおそらく織田信長の密命を受けて、連歌興行にことよせて、この地の情勢を探索に来たのに違いなかった。とすれば、西に光とは、東の武田、今川にではなく、西の織田に顔を向ければ光も見えようぞと読めた。連歌師が通り過ぎた後には必ず戦が起きるとささやかれており、事実その通りになった。今にして思えば恨み深い紹巴だが、一つだけ修理に善根を残した。修理夫婦が交わした、君なくて芦刈りけりと……この古歌の替え歌のやりとりを紹巴はたいへんに褒めそやした。

「そのお声、そのお歌はもしや貴方様はお屋形様ではございませぬか。
いいえ、間違いなくお屋形様。
その返し歌こそこの歌……」
修理の妻は想いのたけを込めて詠い返した。

「お聞き召されよ、お屋形様……」

　悪しからじ　善からんとてぞ　別れにし

　なにかこの江の　浦は住み憂き

その返し歌を聴き終わると老人はすっくと腰を立て、一気に野良着を払い捨てると、凜々しい甲冑姿に身を変じた。

「そのお姿はまさしくお屋形様……」

婦人が駆け寄ろうとした。

少年が立ち上がった。

郎党達が腰を浮かせた。

甲冑武者はにっこりと微笑みながら遠ざかった。

なおも修理の妻が走り寄ると、既に漂い始めた夕闇の奥深く消えた。

後に残ったのは、黒々と覆う松の木立の奥深く、大悲の如く咲く夜目にも白い桜の花と、闇の深さだけであった。

「あれはまぼろしでござりましたでしょうか」

語り終わった修理の妻は、そと目を宙に上げた。

「なんでまぼろしでありましょうや。それこそまことの修理殿のお姿に違いありませぬ。貴女様の真心が天に通じて、修理殿が化現なされたのにござります」

言いながら祐圓尼は目頭を押さえた。
その位牌へ祐圓尼の読経供養が終わると、修理の妻は位牌を胸に抱いて帰っていった。

第五章　井中の月

一、自耕庵にて

虎松を徳川家へ出仕させた後は、祐圓尼にとっては安らかな放心の日々が続いた。祐圓尼は龍潭寺からほど遠からぬ自耕庵と名付けた草庵で、世の俗事とは最早一切の関わりは持つまいと心に決めて、晴れれば庵の前方に少しばかり広がる畑を耕し、降れば子供達に手習いを教えて、来る日明くる日をせめて心安らかにと念じつつ、それでも人伝《ひとづて》に耳に届く、今は井伊万千代と名乗っている虎松の噂話などに、やはりこの世との関わりを断ち切ることなど出来ぬを知って、それが嬉しい噂であることをせめての慰みとしていた。

万千代はまもなくもう二十歳になるが、その時には素襖《すおう》の一揃えでも祝儀しようと、村の紺屋が染め上げた伊平染《いだいらぞめ》を仕立て上げるために、祐圓尼は心も嬉しく針を滑らせていた。先年、万千代が徳川家康に出仕する時にも、母の祐椿尼と共に小袖を縫い上げたが、あの万千代が十五歳の頃より時も経っていることから、肩幅はこれでは狭すぎはしまいかなどと嬉しい戸惑いを思いつつ、甥の成長を楽しんでもいた。

万千代はこれまで、家康のお小姓として側近くに仕え、百貫文を戴いていたが、元はと言えば格式と貫禄を誇る筈の遠江井伊家の御曹司であった。井伊家は「八介」の中の一家として遠江において五百年の歴史を築いてきたが、今は井戸と塀が残るのみの名ばかりの名家となってしまっている。祐圓尼の唯一の夢は井伊家で唯一人生き残った男子である甥の万千代がお家を再興してくれることであった。百貫文の俸禄は、かっての井伊家の貫禄に比べれば如何にも少ないものであったが、夢がそれを補って、三十路も半ばを過ぎた祐圓尼の生き甲斐ともなっていた。そんなことをついつい思う自分に、俗世との関わりは断ったつもりなのに可笑しいねと、おほほと笑ったりしてもみた。

「庵主さま……」

村の手習い子達が集まってきた。この子等の中にも、三方ヶ原合戦、長篠合戦、高天神合戦と打ち続く戦に親や兄を失った乱世の犠牲者達がいた。だが彼等は皆元気で屈託無く明るい。乱世とはいえ、戦に駆り出して肉親を失わしめたことに対して、祐圓尼は井伊家の当主として彼等には済まないことだとの責任の想いを捨てることは出来ないでいた。だからこそ彼等とのつき合いを大切にしたいと思っている。

彼等が肉親を失うたびに、家族一同が悲嘆にくれる場面を目撃するにつけ、永禄三年に自分も同じ悲嘆を味わって来たことを、切なくも思い出したりもした。祐圓尼は父の直盛が桶狭間で戦死してからの二十年を、時の経巡りの早さに戸惑いながら、またその間に井伊家に起きた様々な苦難を想いながら、万千代のための素襖の仕立てに針を運び、一針一針が確実に布を綴じ上げる感触をたしかめ、それがまるでお家をまとめ治めることでもあるかのように楽しんでいた。

だがそのような時でも、いつもふっと心の奥底からよみがえるのは直親（亀之丞）のことであった。乱世の荒波に揉まれて仲を裂かれるように離ればなれとなって、それぞれの生き方を強いられたが、祐圓尼にとっては生涯ただ一人の男であると、そう信じて待った。時の乱世のいたずらさえ無ければ、自分と直親は夫婦になっていた筈であった。自分は十年待ち切れずに有り余る若さを捨て、井伊家菩提寺龍潭寺において、両親や多くの家臣達の嘆きを振り切って出家し、南渓和尚の弟子となったが、まるでその出家を見計らったように直親は信州より帰還した。あの時の自分の悔恨と、運命というものに対する怨嗟と、それを乗り越えた後にやっと満たされた諦観は、その後の自分の生き方に様々な示唆を残した。祐圓尼は今更の想いで昔を振り返ったが、

「あの出家の決意をした時の私は、一途な気持ちで御仏に仕える気になったものよ」

一人呟いた。

「庵主様、何をぶつぶつ言っているの……」

童の一人が祐圓尼の背中に抱きついて顔を覗き込んだ。

「仏様とお話ししているのよ」

祐圓尼は方便した。

その直親が、祐圓尼の父・直盛が桶狭間で戦死した後を継いで井伊家の当主となったが、二年後の永禄五年に、直親が徳川と接触を持ったと今川家に疑われてその弁明に駿府へ向かう途

中、遠州・掛川において誅殺された。そして二歳の虎松（万千代）が残された。

十年待っていた自分を裏切ったかのように帰国した直親の、その遺児に対して自分自身の中にわだかまりは無かったであろうか。その時まだ二十歳になったばかりの自分の心中の大波を辛うじて鎮めていたのは、自分は仏に仕える身である、ということであったろうか。もし自分が出家していなかったならば、多分錯乱したでしょうね、との想いはあった筈である。だがまだ乳飲み子の虎松の、この世の汚れに冒されず、つぶらに見上げるまなこを見、己の懐で安心に眠る寝顔を見るにつけ、自分の中には仏心の慈悲とは異なった、子を育てる女心としての慈しみの芽が生まれて来たことも事実であった。それによって己は救われて来たと信じることで、自己への愛が他者へと広がっていく喜びに浸ることが出来、もしかしてそれは仏の心にも劣るものではないと、いささかの不遜を恥じながらも、想ったこともあった。あの時、もし虎松のつぶらな眼に出逢わなかったならば、自分の心の成長は、人としても女としても、もっと遅れていたでしょうねと述懐しても嘘にはならなかった。

直盛、直親の死、それに続く直平の死、それによって井伊家の当主となって以来祐圓尼にとっては心休まる事のない毎日であった。あの頃は今川家を向こうに回し一歩も退かぬ我慢を耐え、徳川家とも貫禄比べに引け目を起こさぬよう肩肘張って精一杯の背伸びをしてきた。それも当主となるべき男子が不在であったことと、何よりもお家に対する危機感が祐圓尼の肩に重くのし掛かっていたからであった。

龍潭寺門前にある、初祖・井伊共保が誕生したと伝説され、井伊家の名の由来ともなっている祖霊の井戸で、清冽な水面に映る月影を見つめながら祐圓尼は、私はあの井中の闇を照らす月影になろうと決意したことを昨日のように思い出していた。目眩むばかりの太陽の光でなくともよい。たとえわずかな明るさとはいえ、今、井伊家を覆っている無明の闇を、拭い照らすばかりの月になれよと自分に言い聞かせて当主としての座を引き受けた。そして自分はその月の役目を果たすことが出来たであろうかとの忸怩をいつも心に抱えても来た。

あの頃を想うと火車引く思いの毎日であった。周辺国人達から、また統率の乱れた家臣団達から、女当主と見くびられぬよう背伸びをし、「井伊次郎法師直虎」などという武張った名乗りを師匠である南渓和尚より与えられ、朝目覚めれば今日一日の重さに目眩《めまい》を覚え、日暮れれば夜の暗さに明日の不明を想い、何為すべきかの迷いの森で、出口行き先のあてもなき年月を、己のたおやかさを捨て、背筋を立てた虚勢で過ごしてきた。

今は甥の万千代に家督の全てを任せて、自らは童達に囲まれ、畑で鍬取る心も安らかな無為放心の日々が続いている。時折の万千代の噂も、家康殿の覚えも目出度いものという嬉しいものであった。

童の一人がまだ青い橘の実を枝に付けたまま祐圓尼に差し出した。針運ぶ手を休めて祐圓尼は、おお嬉しい、と大仰に喜んで一座を沸かせた。

庭で餌をついばむ矮鶏《ちゃぼ》の一羽が、蛇に驚いたか毛を逆立て己を大きく見せようと虚勢を張っていた。それを眺めながら祐圓尼は、かって自分もあのように肩肘立てて虚勢を張らざるを得なかった時があったことを思い浮かべ、人の世のままの姿を見る想いで可笑しさをこらえた。

その矮鶏も毛の逆立ちを収めると、ただの小鳥のように縮まったが、それはまた今の自分の姿かも知れないね、とまた安心の微笑みをした。

「庵主さま……、手習いは……？」

童に催促をされた。だが今日の祐圓尼は何故か気が乗らなかった。針を運びながらゆくりなく浮かび上がる諸々の想いに身をまかせて、しばしの時を自分一人のものとしておきたかった。

気を利かせた年かさの童が、

「そーっとしておきましょう」

皆に声を掛けた。この頃の庵主さまは何故かぼんやりと物思いに耽ることがあって、そういう時にはお邪魔をしないことがよろしいと、それぞれ勝手に遊びを始めた。祐圓尼は童達の好意に感謝はしたが、一旦一人に置かれるとむしろその孤独に耐え得ないばかりに童達の仲間に戻りたい想いも起きた。

「庵主さまぁ、一緒に遊ぼ……」

童の一人が甘えた声で祐圓尼の手を引いた。祐圓尼はもの思いからほっと我に戻って、

「はいはい……」

童の為すがままに身を預けた。祐圓尼が仲間に入ったことから童達の遊びが一際元気になった。

そういえば、井伊家の明日の行方も知れなくて、家中の全ての人々が意気消沈していた時、兎にも角にも祐圓尼が当主に推されるにおよんで、この井の国の人々の顔にぱっと元気が蘇っ

たことがあった。自分はわずかな光を放つだけの月にしか過ぎないと己は思っていても、主を失って迷いの闇に居る人々にとっては、それは暗中の曙光に等しい喜びであったに違いなかった。

そう思うと祐圓尼は、今は童達と遊び惚けることこそ自分の為すべきことと、気を奮い立たせて遊びに加わった。童達は次々と遊びを替えて飽くことを忘れていた。遊びの中で祐圓尼はふと息切れをしている自分に気付いた。かすかな胸奥の痛みもあった。長い間の心労があったが、今は万千代が井伊家の当主として存分の働きをしてくれていることから、心のゆるみが体の乱れを引き起こして、童達の遊びに付いていけぬばかりの息切れになっているのであろうと、遊びから降りて一休みした。文机にもたれて一息入れていると、

「もう栗を採った」

童がいがが付きの栗が入った篭を持って現れた。

「もう栗を採ったの？」

祐圓尼は季節の移りにうかうかとしていたことに驚いて篭の中の栗に手を出した。

「おお、痛！」

いがの攻撃を受けて手を引いた。

この子の父親も、あの「仏坂の合戦」で戦死していた。その時、この子はまだ生まれたばかりで、だから父親の顔を知らないで育ってきた。甥の万千代が父親の顔を知らずに育ったにもかかわらず、今、立派に成人し、人のお役に立っていることを想い、祐圓尼はこの子の身に降

り掛かった不幸を井伊家の当主として申し訳なく思うと同時に、その屈託の無さに救われる想いを抱いていた。

「この栗を焼いてあげましょう」

祐圓尼は庭に降りて落ち葉を集め焚き火とした。水に濡らした反故紙に栗を包み、火の中に埋めた。やがて栗はにぶい音を立てて弾けた。

「火中の栗か」

祐圓尼は童達には聞こえぬ小声で呟いた。火中に拾った栗はこれまでどれほどあったであろうか。

童達は、旨いという言葉を発することさえ惜しむように、むさぼるばかりに栗を食べた。祐圓尼はそれを満足そうに眺めながら庵の縁側に腰を下ろした。その途端、くらくらとした目眩に襲われた。童の一人が目聡くそれを見て駆け寄った。

「庵主様どうしたの？」

しばらく目を閉じていた祐圓尼は目眩の治まるのを待って、

「なんでもないのよ……」

微笑んで童を安心させた。それが無理な作り笑いであったことを童に見抜かれはしなかったかと、更に笑顔の上積みをした。それから祐圓尼は柱にもたれて、庭の童達の栗食べる姿を微笑みながら眺めた。

栗を食べ尽くした童達は、また庭で遊びほうけて疲れを知らなかった。祐圓尼は柱にもたれたまま浮かび上がる想いに身を任せていたが、虎松を徳川家へ出仕させたその直後、織田、徳川と武田との間で長篠城を囲んで大戦があったと伝えられた。虎松を家康に預けたのは、戦で功名を挙げ出世を遂げさせるためであることは、祐圓尼も充分わきまえていたことではあったが、いざ虎松を出仕させてみると、戦というものの無慈悲さを知り尽くしている祐圓尼には、あれで良かったであろうかという後悔ともつかぬ想いに悩んだこともあった。ともあれ虎松も今は家康から万千代という名を与えられ、無事に勤めを果たしていることに安心もしてはいるが。

浮かび上がるままに、もろもろの想いに身を任せていた祐圓尼は針仕事の途中であったことを思い出して、また素襖《すおう》の仕立てにかかった。先年、万千代の小袖を仕立てる時は、母の祐椿尼と一緒に針を運んだ。昨年、祐圓尼はその母親の祐椿尼を鬼籍へ送った。

母の祐椿尼は永禄三年に夫である直盛を桶狭間で失ってから直ちに髪を下ろして龍潭寺塔頭松岳院へ入った。祐椿尼、祐圓尼親子にとって心安かるべき寺中の営みの筈であったが、それを許さぬ乱世の荒波に翻弄される毎日を送らざるを得なかった。祐椿尼は桶狭間で戦死した雑兵、郎党達の残された家族を、わずかな賽銭の上がりや寄進の残りを携えて見舞うのを務めとしていた。雑兵達と共に夫も戦死していたことが、彼等を見舞うに際して祐椿尼の彼等に対する僅かの罪滅ぼしの気持ちにもなっていた。彼等から、夫を返せ、父を返せといった言葉が投げ返されないことだけが、祐椿尼の慰めであった。桶狭間の合戦からもう二十年を過ぎて、人々の口辺にあの日のことも上らなくなったことを確かめるように祐椿尼は世を去って行った。

母の余生は償いの日々であったことを祐圓尼は切なく思い出していた。

二、難題

天正七年、家康は安土城完成を慶賀して馬献上の使者として酒井左衛門尉忠次を安土へ送った。その忠次が安土より蒼惶として浜松城へ引き返した。忠次は顔あらためると家康と向き合って語り始めた。

「見事なる構えの安土城も完成し、右府殿の天下布武の統一覇業も九分通り成ったと思われますが……」

そこで忠次は声を落とした。家康は先ほどからの忠次の奥歯に物の挟まった物言いに苛立っていた。

「左衛門尉、言い難きことある口振り、遠慮せず申してよいぞ」

「されば……。安土城は四海睥睨するばかりの勢いに御座りますれば……」

家康が苛立って声を大きくして言った。

「話が振り出しに戻ってしまったではないか。率直に言ってよいぞ。拙者は多少の事には驚かぬによって」

「されば……」

言うなり忠次は突然総身をがたがたと震わせ出した。

「何事ぞ？」

家康が膝を乗り出して忠次の顔を覗き込んだ。忠次は意余って言葉が出てこない混乱をようやくに抑えて吐き出すように言った。

「右府殿は覇業成った今、この徳川家を必要としなくなりました」

「どういう意味合いか」

家康が怪訝な顔で聞き返した。

「この徳川家を潰す所存と見えました」

「馬鹿な！　我等はこれまで右府殿の右腕との誇りをもって走狗となって働いて来た。その上に今は右府殿の娘御を我が家の嫁として迎え入れて、親類ともなっている。それが何故そのように……」

家康が咳き込んで言うと、忠次はなおも声を震わせながら繰り返した。

「右府殿には最早この徳川が必要でなくなったのでござりましょう」

「瀬名と三郎信康に今川の血が流れていることに懸念を持たれたものか……？」

家康は思い当たることを言ってみた。

忠次は直ちにそれをうち消した。

「それは当たりませぬ。

右府殿の中には、今川は永禄三年に既にこの世から消え失せた想いがあり、今川のことなどは眼中には御座いませぬ」

「では何故……？」

畳みかけるように家康が言うと、忠次は重い口で言った。

「結束固き徳川が、強くなり過ぎることが目障りになって来たものと思われます。将来、覇業を完成させるのは右府殿ではなく、この徳川かも知れぬ危惧を抱かれたものかと思われます。

なかんずく三郎君の剛毅英邁にはいささかの想いもあるものと思います」

「で、右府殿はこの徳川にどうせよと申されるのか」

「……」

忠次は口を閉ざしてしまった。

家康はさすがにいきり立つ物言いを収めて、忠次の堅い口の錠前を外すばかりのひそめ声で言った。

「左衛門尉、遠慮は要らぬぞ……」

忠次は口惜しさを押し殺した震え声で、わっとばかりに吐き出した。

「三郎君の首を差し出せと……」

「何？　……三郎の？……」

家康は膝を浮かせて中腰になった。忠次は打ち伏したまま顔も上げずに続けた。

「三郎君の……、その上に奥方様も……」

「瀬名もか、何故に……？」

家康はがっくりと腰を落とした。ようやく忠次はくしゃくしゃになった顔を打ち上げて、辺りはばからぬ恨み声で言った。

「あらぬ噂をでっち上げて……」

「どのような……？」

「武田と内応したとか……」

「馬鹿な！　あり得ないことだ」

「全くのことで御座ります」

「それで左衛門尉は、はい左様で御座いますと引き下がって来たのか」

「とんでも御座いませぬ。

こちらに弁明の機すら与えず、一方的に命じられたのが三郎君の首……。

その時、拙者思い当たりましたことは、右府殿は最早徳川を不要とされ、それどころか邪魔となったとして徳川潰しに掛かられたのではと……。右府殿の内心は、この徳川家の嫡男と奥方様の首を差し出せと言った処で、おいそれと徳川が従う訳は無かろう。もし一戦を構える事になれば、それこそ絶好の機なりとして、一気に徳川を潰すつもりでありましょう。三郎君が今川の血筋であるとか、武田に内応したなどは見え透いた言い掛かり、右府殿が本当に欲しいものは、〝お屋形・家康様の首〟であるやも知れませぬ」

家康はがっくりと肩を落とした。

「右府殿は何時から我等を疑われるようになったのか」

「右府殿のこれまでの覇業の跡を見れば、わずかの瑕疵も許すことはありえませぬ」

家康はきっと忠次の顔をにらみつけ、

「我等の瑕疵とは何ごとを指すのか」

右府への怒りを忠次にぶつけた。忠次もようやく平静を取り戻して思慮深い顔になった。

「我らの瑕疵は強きことでござりましょう」

「強きことが瑕疵に当たるものなのか」

「右府殿にはそのように取れるのでありましょう。自分以上に強力なものは、敵と言わず味方と言わず、目障りなことと思われます」

「で、左衛門尉は如何なる返事を致したのか」

「一存で返事など出来るわけはござりませぬ。なれど右府殿は一旦言い出したことは引き込めることはござりますまい。何はともあれお屋形へ注進と急ぎ立ち返った次第でござります」

「右府殿は我等徳川の誠心を試されたものではあるまいか」

「拙者も左様に思います……」

「三郎の首を差し出せと命じられて、我等がそれに従うのか、反対の幡を押し立てるのか、そのどちらであるものかを見てみようという心算ではなかろうか」

「もしそうであったのならば、お屋形は如何様なる手段を執られますのか」

「即答出来る訳はなかろう。

だが三郎一人の命と、徳川一万余りの命と、その重さ比べを致したならば……」

「致しましたならば……」

「三郎の命とは替えられぬ」

「お屋形……」

「右府殿が拙者の首を所望するのであれば、差し出すのはやぶさかではない。我等が右府殿に対して異心を持ったならばだ。だが我等にはいささかも右府殿に対して逆らいの心は持たぬ。その誠心を見せしめるためにも、右府殿の命には従わざるを得ない。結束堅いとはいえ我等の力はまだまだ弱小なのだ。右府殿の傘が無ければ、寄る木立もないのだ」

「お屋形……、右府殿の命に従われますのか」

「拙者は今、法性院殿を思い出した。あれほど我らを苦しめた法性院殿も、最早この世に居られぬとなれば懐かしい想いも起こる」

「武田信玄殿が如何なされましたのか」

「あの法性院殿でさえもお家の行く道を考えれば、我が子の義信殿でさえも亡き者とされねばならなかったのだ。織田殿の傘を借りねば乱世を乗り切ることさえ叶わぬ力も無きこの家康如き若輩が、息子一人の命を助けるために、家臣達を道芝の露とさせる訳には参らぬ」

　言いながら家康は目を閉じて沈思した。

　やがて目を開いた家康は、その目を真っ赤に血の涙を流し、言った。

「安土へは承知の使いを出さねばなるまい」

　言い終わると家康は、他にどのような手だてがあろうというのか、と小声でつぶやいた。

三、凶報

天正七年秋。

高天神では相変わらず徳川武田の一進一退が続いているが、井の国では落ち着いた日々を楽しむ余裕があった。さして広くはない自耕庵では子供達の遊び声が時に甲高く、時に騒々しく響いていた。

「遊びやせんとて生まれける……」

祐圓尼はふとそんな言葉を口辺に乗せてみた。

その時、自耕庵の親寺である龍潭寺の小僧が血相を変えて飛び込んで来た。息を切らせ、途切れ途切れに、

「瀬名様が浜松城外の佐鳴湖畔で生害されました」

と吐き出した。祐圓尼は思わず腰を浮かせ、小僧に事の詳細を語らせた。聞く限りでは、岡崎から家康様に呼び寄せられた瀬名様は、船で浜名湖を渡り、川を上って佐鳴湖まで来たところ、そこで家康様の命を受けた家臣によって斬られなされ、それ以上のことは定かではありませんと言った。

「なんということか……」

祐圓尼は愕然と腰を落とした。

家康内室となった瀬名殿（築山御前）は、その母親が井伊直平の女《むすめ》であり、元は人質として

今川家へ差し出された女性であった。それが関口氏へ下げ渡されて生まれたのが瀬名殿であった。したがって瀬名殿の中には今川家と井伊家の二つの血が混じり合っていることになる。

祐圓尼は瀬名殿と顔を合わせたことは無かった。ほぼ同じ年頃ということと、井伊家の血を分かち持っていることから他人とは思えない親しみを抱いていた。万千代が徳川家へ出仕が叶ったことは、瀬名殿の口添えがあったろうこともあり、御礼のための書信の往来でその人柄も承知していた。自分のやや田舎臭さの残る筆遣いに比べ、瀬名殿の流麗で上品で都の香りのする料紙筆跡を眺めるにつけ、気後れの思いが憧れに変わって、贈られた匂い袋の香りを抱きしめながら、なんと素晴らしいお方であろうかと、遙かな想いに胸を高鳴らせたこともあった。そういえば今川殿は都を駿河に移そうばかりの気配りで国造りを為されたと祐圓尼も聞いていた。瀬名殿も駿河風流をいっぱいに身に受けて、都の女房衆と器量比べをしてさえも、いささかの引け目もあろうことか、一際立ったたたずまいに、あれが築山の御前様よと家中での評判も上々であったと聞かされてきた。

その瀬名殿がこともあろうに連れ添った夫の家康殿によって生害されたとは、一体何事が起こったものか。祐圓尼は親寺の龍潭寺への道を急いだ。

「ご老師、これは一体何事？」

祐圓尼は庫裏へ飛び込むなり息弾ませながら南渓和尚を問い詰めた。

「儂にも分からぬのだ」

南渓も肩落として不審顔をした。

それからおいおいと浜松から伝えられてくる噂では、織田信長は徳川重臣酒井左衛門尉を安土へ呼び寄せ、瀬名殿、三郎信康親子に芳しからぬ振る舞いがあり、あまつさえ武田と意を通じている事実を挙げて糾問し、そのあまりの厳しい追い詰めに、左衛門尉は返す言葉も浮かぶ筈もなく、浜松へ引き返したということであった。左衛門尉がどのような信長の意を受けて来たのかは誰にも明かされず、突然に瀬名殿が斬られたことから、多分その意を受けていたのであろうとの噂であった。

郷中でも寺中でも、人々は声を潜め、額を寄せて、その噂を持ち切った。

祐圓尼は浜松からの新しい噂の到着を待った。立っても座っても居ずまいの定まらない南渓和尚がハッと思い当たったように叫んだ。

「瀬名殿が斬られたとなれば次は三郎殿か」

祐圓尼の顔から血の気が引いた。南渓が再び大声を上げた。

「三郎殿が危ない！

今、三郎殿は二俣城におられると聞いている。傑山《けつざん》、昊天《こうてん》、その方達は直ぐに二俣へ飛んでくれ。馬を使え。二俣城番の大久保七郎右衛門殿に事の次第を告げ、直ちにこの地まで逃れられるように采配を願ってくれ。ここで危うければ鳳来寺の奥までも落とすことが出来よう。今、出立すれば夕刻には二俣まで着くことが出来よう。委細はこの書面にしたためた。急げや」

南渓弟子の傑山、昊天は、南渓の言葉が終わるやいなや、身支度もあらばこそ馬腹を蹴った。天竜川の渡河に手間取ったが、二人は日暮れ頃には二俣城へ着いた。直ちに城番大久保七郎右

衛門に刺を通じ、南渓和尚の書状を手渡すと、七郎右衛門は眼を真っ赤に腫らせて、

「もはや、叶わぬ」

と呻いて肩腰を落とした。それは如何なる意味合いかと二人坊主が詰め寄ると、七郎右衛門は栃の実ほどの涙を払って、

「あれを見られよ」

と簡素な二俣城の二の丸より本丸へ通じる白砂の小径を指さした。そこに二人が見たものは、肩落として歩を進める恨みに沈む若武者の紅葉に映える死出立《しにでだち》であった。遅れたるかと、二人が地だんだを踏む前を今日の介錯人服部正成と天方道綱が、更に肩落として従った。茫然自失の二人が時を忘れてその場に座り込んでいると、本丸より多分服部正成であろう、

「拙者には討てませぬ」

と大声で泣き叫ぶ声が聞こえてきた。声は幾度も幾度も上がったが、やがて板敷きを踏み込むらしき大きな物音がした途端、本丸全てが怒泣するばかりの男泣きの声に変わった。本丸より信康小姓の二人が飛び出して来て白砂の上で互いに刺し違えて主人の後を追った。二人にとって全ては夢の中の出来事としか思えない光景であった。

二人は二俣城より首うなだれて龍潭寺へ戻り、事の次第を南渓に報告した。信康が二人に同道されて井伊谷へ逃れて来ることを、半ばの期待で待っていた南渓と祐圓尼は、あまりにも厳しい処置に言葉もなく座り込んだ。これが乱世というものの情けもあらぬ現実であることを、

四人は口惜しさ堪えて噛みしめた。

言葉も無い時をやり過ごした南渓はようやくに口を開いた。

「織田殿は癇癖性であられることはかねがね聴いてはいたが、これほどまでに凄まじいとは恐れも入った。家康殿の血筋の中に、ご自分が桶狭間で滅ぼした今川殿の血が続くことを怖れられたので御座ろうか。それとも三郎信康殿の衆に勝れた御気性を懸念されてのことで御座ろうか。幾とせの後、三郎殿が徳川の家督を継がれた時、桶狭間での無念を思い起こされ、織田殿に刃を向けられることが無きにしも非ずの想いを強められたに相違なかろう。芳しからぬ芽は早くに摘み取るにしかずとのことから、瀬名殿、三郎殿にあらぬ噂をでっち上げ、抹殺を図られたのだ。世に恐るべきは織田殿の三白眼よ。かかることを平然となさるとは、後々目出度かるべきお人とは思われぬ」

言い終わって南渓は大きな溜め息を吐いた。

四、瀬名夫人

家康は、二十余年連れ添った妻・瀬名夫人の命を浜松城外で絶った。

家康は瀬名夫人が埋葬された西来院より届けられた妻の位牌を手にとって、その法名を繰り返し読んだ。和尚がいみじくも付けたその「政岩貞秀禅定尼」という法名の意味を確かめてみた。「政りごと盤石とせしめる為、貞にして秀なり」とは瀬名夫人にとって最大の賛辞と読めた。二十余年に亘る夫婦の間に、戦国のならいとして外因による波風は数多く乗り越えてきたが、その間格別に夫婦間に行き違いがあったわけでは無かった。ただ一つの暗点は瀬名夫人が今川家の出身であるということであった。織田信長は今川家を潰した武将である。その血筋を引く瀬名夫人と信康に対して、信長が危惧を抱かない訳はなかった。だがそのことだけで今度の事件が引き起こされたとは、家康にとっては考えられないことであった。信康は信長の婿である。その名前も信長の「信」を上に戴き、下に家康の「康」を添えたものである。信長に対しては、明らかに下手《したて》に侍る意味を持つ。

名門今川家の出ということから、瀬名夫人には京風流がよく身に付いた育ちの良さがあった。今川義元自身が若い頃には京に学び、京風の仕置きがよく似合った武将であった。家康は、瀬名夫人は今、岡崎城では築山の御前様と呼ばれ、家中での評判も良いと聞かされてきた。その中で、織田家、徳川家、今川家の狭間に立たされて、苦労が絶えないであろうことも承知していた。家康は時折岡崎城から寄せられる瀬名夫人のたよりを開くとき、流麗で上品で、伽羅薫き込めた都の香りのする料紙筆跡を眺めるにつけ、岡崎のこと、信康のことはこれで大丈夫という安心感に満たされていたことも事実であった。

信長が、徳川家嫡男として、誰からもその勇敢さを認められている信康の命を絶てということは、あまりにも理不尽すぎるが、今川家の血を絶つとして瀬名夫人の命を失わせよ、ということは家康にとっても分からぬではない。

信長のこれまでの、事に当たっての仕置きを見れば、たとえ肉親縁者といえども、己の意に逆らった者には容赦ない誅罰を加えていた。自身の兄弟を討ったこともあり、妹婿の浅井長政の例もあり、岩村城主のこともあり、人を許さないことにかけては異常とも言える執念深さであった。瀬名夫人はその執念深さの生け贄となったのであろうか。

家康の生母於大の方が信長に肩入れしたのでは、などという囁きも耳に届いているが、それは打ち消した。確かに於大の方は信長派閥側の人ではあるが、兄を信長によって切腹させられており、信長に対してはいささかの存念を抱いている筈であった。

その日、岡崎から本坂越えをした瀬名夫人一行は、止宿した浜名湖北岸の三ヶ日金剛寺を朝早く発ち、舟で湖を南に進んで宇布見へ着いた。ここの奉行・中村源左衛門の出迎えを受け、川を小舟で溯って浜松城外の佐鳴湖へ入り、東岸へ上陸した。そこには徳川家臣数人が跪いて待っていた。彼らはそれぞれ野中、岡本、石川と名乗り、顔青ざめて瀬名夫人の前にひれ伏した。瀬名夫人は彼らのただならぬ様子に、顔に緊張を走らせた。

「何事でありますのか」

「これは上意にてござりますれば……」

「言うてくだされ」

「……」

「言えと申しておる……」

「御前様のお命を申し受けよと……」

「我が命を……、それは信長殿の命令か」

「はっ……、いえ、殿のご命令にても……」

「家康殿が命じられたのか……」

「はっ……」

瀬名夫人にとっては、あるいはもしや、このことあるを既に覚悟の旅であった。自分に死を与えるのを、信長が命じたものであれば、髪逆立てても狂うべしと、心の覚悟はあったが、夫・家康が命じたという言葉を聞いた途端、信長の命令に逆らうことも出来ない律儀な夫家康の姿が浮かんだ。

瀬名夫人は夫が三州人特有の愚直なまでに律儀であることを知り抜いていた。それは三河譜代家臣団達にはこと改めて意識されないことではあっても、今川方の瀬名夫人から見れば瞠目すべきことであった。

あの三方ヶ原合戦の時、戦わなくともよかった合戦を、敢えて挑んだ愚直ぶりもそうながら、長篠、設楽原での戦いも勝ち戦とはいえ、信長の面前で恥じ掻くまいとして、一千の兵を失ったこともそうであった。夫は、中原に鹿を追う覇王の、走狗の役目を、只それだけをして来ただけであったのか。天魔の命令を拒むことも出来ない小奴《しょうぬ》でしかなかったのか。信長への怨嗟が深ければ深いほど瀬名夫人は、家康の律儀さへの憐憫がいや増して来るのを抑えるべくもなかった。

夫・家康との二十余年の年月が目眩を起こすばかりに瀬名夫人の中を通り過ぎて行った。竹千代時代の家康が関口家の門前で、転がり出た蹴鞠《けまり》を拾い、それを丁寧に拭き清めて瀬名姫に返したこと、そのことだけを思い起こしても、今は夫を許すべきと、瀬名夫人は、心中に渦巻く荒々《あらあら》とした想いが溶けて行くのを覚えた。ここまで思い至ればもう、夫の意に沿ってやることこそ一大事のことであろう。瀬名夫人はせめて浜松城へ上って夫・家康と対面してからとの想いを断ち切った。顔の血の気を捨て去った瀬名夫人は、噴き上がる血の涙をこらえて言った。

「今は詮方なきこと……、家康殿がそのように申されるならば是非もない。

香を焚く間、しばらくの猶予をたもれ」

敷かれた緋毛氈から香が漂うと、家康家臣達は顔も上げられず目を伏せたままであった。その香のかすかな煙の中から瀬名夫人が、音を立てて涙を落とし、胸底から絞り出す声で家臣達に言った。

「家康殿に申し伝えよ。

戦世の虚しさを、こころ哀しく噛みしめております。積み上げ、重ね上げて来た人生のすべてを、ただ一片の口裏で失い参らせることなど、わたくしをもって最後となされて下さりませ。

ここへの道々、家康殿へのお恨み抱かぬ訳もなかりたれど、律儀ゆえの家康殿のお苦しみ察すれば、そのお恨みは晴れ申した。

今はただ……、お家の弥栄《いやさか》を祈り奉ると……」

湖上の波がぴたりと動きを止めた。残り蟬も鳴くのをやめた。この世から万象の音が消えた瞬間、侍女達の叫び声が上がった。はっと顔を上げた家臣達がそこに見たものは、胸に御守刀《ごしゅとう》を突き通した瀬名夫人が、朱の毛氈よりもなお赤い血を噴き上げてうつ伏す姿であった。

家臣達の伝える瀬名夫人の従容とした覚悟の有様を聞くにつけ家康は、それは家臣達が夫人の無念さを美しく見せんがための言葉飾りであろうことは言わず、本心を偽ってでも自分自身を無理にも納得させ、その座に付いた夫人の悔しさを思った。

「拙者を恨まぬ筈は無かろうに……」

もしかして、いや多分、狂い死にであったに違いない妻の不憫さを想い、それを命じた自分の業《ごう》の深さに思い及び、いっそ自分が狂ってくれたならば、世を恨まずに済んだものをと、男の涙を流した。

失われてしまった今、家康はこれほど妻をいとおしいと思ったことは無かった。経机の上に置かれている妻の遺品として届けられた品々に目を遣ると、そこから漂ってくる幽かな伽羅の香りはまた、妻そのものの匂いであった。

「この香り、忘れまいぞ」

家康はその香り袋に頬を寄せた。その香りはこの世の苦しさを一瞬忘れさせてくれる、それは嬉しさではなく、哀しさであった。

家康は妻の真新しい白木の位牌をふところに入れた。妻をいとおしむ想いに身をゆだねてやることが、そして、己の体温を伝えてやることが、せめて自分に出来る精一杯の妻へのはなむけであった。

五、幻影

九月十五日、家康は浜松城で、服部半蔵正成、天方山城守道綱などを呼び、信康切腹の介錯人となることを命じ、そのまま仏間へ引き籠もり、一日家臣の誰にも会わず、写経に明け暮れた。

朝、浜松城を出発した使者は、五里の道のりを重い馬の足を責めて、日傾く頃に天竜川東岸の小高い蜷原《になはら》の上に構える二俣城へ着いた。これまでの事の経過で、息子の命を救う手だても出尽くした家康の苦衷を知り、すでにこの日のあることを覚悟していた信康は、まだ燃え足りぬ若い血潮を捨て、従容としてその座に付いた。

信康の首を携えた使者が二俣城を発つとき、城主大久保忠世以下城兵五百名のすべてが城門の周りに土下座し、天も泣けとばかりの涙で見送った。

その夜の亥の刻過ぎ、使者はすでに剃髪し、言葉無く浜松城へ帰り着いた。服部は家康に次第を報告し、お恨みは申さずという信康の遺言を伝えると、家康はかすかに頷き、

「ご苦労であった」

と一言ねぎらい、

「後追いする者が無いように、皆に申し伝えよ」

と、家臣への心配りを示した。家康三十八歳の秋であった。

秋は日毎に深まって温暖な浜松城の周辺も木の葉が色づき、ましてや夕暮れ時のそぞろの淋しさは、誰とは言わず心細さの忍びよりに身を細めていた。城の前庭に降り立った家康は、織田信長の命令とはいえ、心ならずも生害せしめた嫡子三郎信康と内室瀬名夫人の、思うまいとしても心に浮かび上がる面影を、えいままよと、浮かぶがままにさせていた。今にして思えば信長の命令に逆らってでも妻子の命は長らえてやるべきではなかったか。それをしなかった己は、如何なる非難にも耐える覚悟があるものなのか。しなかったのではなく、出来なかったとでも言い訳をするものなのか。己は何故にかくまでも信長を怖れるのか、怖れなければならぬのか。家とは山ほどの犠牲を支払っても守らねばならぬものなのか。後世の人々は、妻を亡き者とし、嫡男を生害せしめた己の行為を如何様に捉えるであろうか。乱世のことわりとして、致し方なきことと容認をするだろうか。許すべからざることとして、堕地獄へ追い込むのであろうか。

家康は、目眩を起こすばかりに脳裏を横切る想いに、口惜しさとも哀しさ憎さともつかぬ心中の葛藤にさいなまれて、心安まることなど求めることさえ許されない今に、自分自身を責め、おののいていた。

家康は、多田満仲が家臣の藤原仲光に、我が子の美女丸の首を討てと命じた昔語りを想った。我が子を討てと命じた満仲の苦衷も、主人の命令を拒むことも出来なかった家臣仲光の困惑も、今は現実のものとして己の心中に重く居座っていた。家康は小声で幸若を口ずさんだ。

使者として、主人満仲の嫡男・美女丸の首を討てと命ぜられたその仲光が今、目の前に居た。

「半蔵」

家康は庭番として近くに侍《はべ》る服部半蔵正成を呼んだ。話し相手が欲しかった。話はついつい二俣城での事に及んでしまう。半蔵は首うなだれて、話を避けようとしていたが、家康は「その時」のことを確かめたかった。

半蔵は、

「見事なる御最期」

その一言を言うのが精一杯であった。家康は無言でそれを聞いていたが、その言葉はもう既に何度も聞いてきたものであった。家康は美女丸の身代わりとなって討たれる仲光の子のいさぎよい言葉を想った。

〝親にだに、
惜しまれぬ身を何と只、
かく想うらんなかなかに、
情けのつらさ如何ならん〟

親にさえも惜しまれなかった信康は最期にあたり、父親である自分への恨みの言葉などは無かったものか、惜しまなかったのではなく、それを叶えられなかった親心を信康は分かってくれていたものか、出来るものならば確かめたい気持ちが高ぶっていた。家康はもう一度小声で謡った。

〝闇討ちに

現《うつつ》なき
我が子を夢となしにけり
我が子を夢となしにけり
家康は半蔵に確かめるばかりに口ずさんだ。
〝さこそ最期の未練にありつらんな〟
半蔵の声が戻らないのを当然のように家康は続けた。
〝いや、さは御座無く候。それがし太刀抜き持って、少しためらい候ところに、
やあ如何に仲光おくれたるかと、
これを最期の御言葉にて候〟
家康の謡の声を耳に止めて、半蔵は再び、
「見事で御座りました」
と眼を伏せた。
夕闇は今ひと濃く深さを増し、心許《こころもと》ないばかりの一時を呼び寄せていた。
今、井伊虎松あらため井伊万千代は十九歳になり、家康の近従として家康の身の回りの世話をする役目を与えられていた。徳川家臣団としては三河譜代でもなく、いわば新参であった。
万千代は家康の後ろに付かず離れずに控え、その場の重苦しい空気に耐え得ない様子で無言を保っていた。家康がふと後ろを振り返り万千代に眼を遣ると、その薄闇の中にはかないばかりに佇む万千代の姿に……、家康はハッと胸突かれた。そこには三郎信康が立っているではな

いか。

「三郎……」

家康は思わずその唐突な言葉を呑み込んだ。万千代なのか信康なのか、重なり合うその姿に、これは見間違いなのだ、と自分に言い聞かせ、納得させようとしたが、そうはさせまいとする一方の意識に引き寄せられ、遂に堪えきれずに、

「信康……」

消え入るばかりの声で言った。

万千代は片膝ついて答えた。

「おん前に御座ります」

家康にとっては思ってもみない嬉しい言葉であった。だが、その言葉は万千代が家康の心中を見取っての慮りの言葉であったのか、家康が幻を信じたことによる家康自身の聞き違えであったのか、遂に家康は混乱した。その混乱に、せめてそれをむしろ楽しむばかりに身をまかせて時をやり過ごした家康は、だが次には一方の将として、現実に引き戻った。

「そうであった……」

家康は力無く言葉を止めた。だがあまりにも似通った信康と万千代のたたずまいに、家康は今更のように血の濃さを思った。信康二十一歳、万千代十九歳という歳の重なりの上に、今川家を仲立ちとした徳川家と井伊家の血のつながりを確かめた。

家康の正室・瀬名夫人の出自は今川家傍流の関口氏である。瀬名夫人の母親は、井伊家の人

である。その当時、今川家と井伊家は反目状態にあり、抗争に敗れた井伊家は臣従の証しとして、時の当主の娘を人質として差し出していた。その女性が瀬名夫人の母親となった。瀬名夫人の実子・信康が、井伊万千代とその風貌が相似であったことは、血の連綿の証しでもあった。

家康は万千代に命じた。

「そこに立ってみよ」

それを遠くに眺め近くに寄り、これまで、信康と万千代が二人並んでもさほどに気にも留めなかった似通いが、信康が失われてしまった今は、相重なるほどに生き写しであったことを、あらためて想いも深く確認した。

「横顔を見せよ」

「後ろ姿を……」

矢継ぎ早に家康は命じた。万千代を通して信康を偲ぶことの出来る嬉しさを、そして哀しさを、家康は今さらの想いで噛みしめた。

信康が幼かった頃、自分の膝の上に抱いた温もりの感触が蘇ってきた。あれは桶狭間合戦の後、三河へ戻って一家を立ち上げた頃であったか。膝の上から父親に対して万感の信頼を以て見上げる幼い瞳を、また自分も慈愛の眼で見つめ返した。こんなにも純粋で汚れのないまなざしを受ける父親としての幸せを、心しみじみと噛みしめたものであった。

成長の過程で、親への反抗を覚えるようになった年頃には、平手打ちを与えたこともあった。あの時何故打ってしまったのか、今にして思えば、もっともっと抱きしめてやればよかったと後悔が噴き上げてきた。もはや取り返すことも叶わぬ二十一年という年月が、重い荷のように家康にのし掛かって来ていた。

近くの服部半蔵正成を振り返り、家康は言った。

「半蔵、万千代が三郎に似ているとは思わぬか？」

半蔵は、夕闇の中におぼろに立つ万千代の姿を一目見るなり、己が太刀を振り下ろそうとして下ろせなかった信康の最期の顔を思い浮かべたのか、はっと肩を下げて自失し、

「生写《しょううつ》しにござります……」

小声で言うと、その鬼の眼から涙を噴き出させて大声の嗚咽を上げた。

庭先での出来事に家臣達が集まってきた。家康の涙姿を見て、それが今度の事件に由来するものであることを彼等は直ちに理解していた。彼等は黄昏時の薄闇の中、家康の近くに佇む万千代の姿を認めると、思わず、

「三郎様……??」

驚愕の声を上げた。やがてそれがまぼろしであることを思い知ると、腰砕けてその場に座り込んだ。左衛門尉（酒井忠次）、平八（本多忠勝）、小平太（榊原康政）などなどが夕闇にまぎれて大粒の男の涙を拭った。

「言うまいぞ」

家康は一人つぶやいた。それは未練を断ち切るばかりに自分に対して言ったものか、己の見苦しき姿を知られまいと家臣達に言ったものか、家康自身にも分かろう筈もなかった。

家康は万千代の中に信康の面影を偲び、この事件後、格別の想いをもって万千代を見つめ、引き立てた。そうすることが信康への償いの気持ちを表すことになり、たとえ叶わずとも罪滅ぼしの証しになればとの想いからであった。もし生きていたなれば、信康への引き立てであったろうものが、今は万千代がその肩代わりとなって、それはまた家康のささやかな満足ともなり、一時苦しさを忘れさせる拠り所となっていた。事の次第を知っている家臣団達の中には、以後、万千代の破格の出世に対して、無言の内に一切の異議を唱えることは控えた。三河譜代が十万石程度の出世であるのに対して、後参の万千代が三十五万石というものは、家康の信康への供養の気持ちが上積みされたものであったろう。

六、決意

夜半、家康は浜松城本丸の書院へ一人籠もり、失われた妻と子を偲んでいた。今は無用となった、信長によってでっち上げ、突きつけられた瀬名夫人と信康の十二箇条の罪状なるものを破り捨てた。これは信長が言うような、武田とか今川とかが介在する問題ではなく、信長対家康の器量比べなのだ、信長はこれまでの家康との同盟関係を破棄したのだ、その上で、あらためて臣従としての強制を図ったものであろう、と推し量った。

家康は足利幕府六代・義教将軍の故事を思い浮かべた。以前、観世太夫から聞いた話では、将軍は世阿弥の芸を嫌って、将軍御所での演能を禁じ、あまつさえ、佐渡へ流したと言われている。

また将軍が鎌倉公方といさかいを起こした時、捕らえた鎌倉公方の幼い子供達二人の首を、情け容赦もなく斬って京の河原に曝したという。

この世には時として、とんでもない人間が躍り出て、人の迷惑も顧みず、したい放題の恣意《しい》放埒《ほうらつ》をすることがある。足利義教などもまずその筆頭に置かれる人物という。

足利義教は前将軍の逝去のあと、くじ引きによって選ばれた将軍であった。この時、次期将軍の候補としては四人がいた。くじ引きというならば、どのようにでも事前の細工が出来る筈であった。果たしてこのくじ引きが正当な手段によってなされたものであったのか、くじに当たったその後の新将軍の行状を知れば、多くの人々が疑いを抱いたとしても不思議ではなかった。将軍位につくと義教は、君側からは、将軍に対して苦い言葉を奏上する老臣や、正義一途な忠臣を遠ざけ、意のままに動く追従の取り巻きで周りをかため、思いのままの専制恐怖の政治を繰り広げた。この圧政に異議を唱える者は容赦なく誅殺された。この将軍によって首を刎ねられた貴顕庶民は数知れなかった。比叡山との対立や鎌倉公方との主導権争いや一揆との抗争に明け暮れた。この義教将軍の時代を人々は「万人恐怖の時」と呼んだ。

この恐怖政治に耐えられなくなった幕臣・赤松満祐は、嘉吉元年六月、自邸の池で生まれたカルガモ親子の行列が面白いからと、将軍を招いた。供する者は有力大名の細川、畠山、山名、一色、京極、大内など錚々《そうそう》たる顔ぶれであった。一同が酒宴に興じている時、将軍の座の後ろに立てられた六曲一双の山水図屏風が静かに左右に割れて、白装束に腹巻き、小手を巻いた具

足姿の赤松家臣数人が抜刀のまま立ち現れた。家臣らは将軍の前に立ちはだかり、
「天誅……！」
「御首頂戴……！」
大声で叫ぶや大刀を将軍目指して振り下ろした。言葉を発する間もなく将軍の首は宙を飛んだ。供の大名達はあるいは討たれ、あるいは逃走し、万人恐怖といわれた義教政権はようやく終息した。
この日を待ちかねていたように、早速、京四条河原に落首が張られた。
いなかにも京にも御所の絶え果てて
公方にことを嘉吉元年
（鎌倉にも京にも、御所には人が絶え、
公方様にもこと欠いていることよ。嘉吉……欠きつ）
家康は、このような恐怖政治を繰り広げた為政者はまた、疑心が暗鬼を呼び寄せる毎日を送っていたに違いない、それが日々に重なって、更なる恐怖政治を上積みせねば収まらなくなって来たのではなかろうかと思い至った。
今がその万人恐怖の時ではなかろうか。
家康はふと、口にしてはならない言葉を呑み込んだ。信長の、己の思いのままに振る舞う異常強引とも言える仕置きは、おそらく毎日が疑心暗鬼の結果であるに違いない。今度の事件も

その中の一つであったのではなかろうか。そう結論付けてはみたが……。

この事件について信長はさすがに気が咎めるところがあったのか、言い訳めいて次のように周りにうそぶいたという。

「儂は酒井忠次に徳川家御曹司と内室の首を差し出せなどと言った覚えは無いぞ。信康の剛毅さと内室の美形振りは、近頃ちと目障りだぞと、酒井を睨み付けてやったら、何を勘違いしたのか酒井め、儂の睨みに怖気づいたか勝手に解釈しおって、首を二つ差し出した。馬鹿な忠臣も居たものだ」

強大な権力者の、済んだことと言い放つ傲《おご》った言い分を耳にしても、それだけでは済まされない屈辱を家康は抱いた。

もし今、この世に赤松満祐が現れるとしたら、それは誰であろうか……。家康は信長周辺の顔をいろいろと思い浮かべてみた。側近第一の柴田勝家か、佐久間信盛か、羽柴秀吉か、あるいはまた明智光秀か……。

家康は、思うまいと首を横に振った。

だが、その赤松満祐の役目、時と次第によっては、

「自分が請け負うこともあるやも知れぬ」

と、この時以来、家康は深く心に期した。

三方ヶ原台地南端の一角の高みに構える浜松城本丸書院の障子に、遠州灘からの朝の気配が、ようやく、影しろじろと差して来た。

七、目白

瀬名殿、三郎信康生害から時が経って天正十年秋。

祐圓尼は自坊の自耕庵で床に伏していた。数年来立ち居振る舞いにも体のだるさ重さが気に掛かり、食の細くなって来ていることも気付いていた。童達が大勢見舞いに訪れて、最初の内はそれを有り難くも思ったが、やがてその煩わしさに、早く引き取って欲しいと注文を付けたくもなって、それは言ってはいけないことよと、かえって自分に言い聞かせていた。

昨年暮れの大晦に祐圓尼は、親寺の龍潭寺から聞こえてくる除夜の鐘を自分の歳の数まで数えた。そして来年、その数に一つ上乗せすることは、もはやあるまいのでは無かろうかとの想いに襲われたことがあった。多分それは身の不調からくる心の弱りのせいであろうと思ってもみたが、今はもしかしてそれがまことのことになるであろうと、疑うこともしなくなっていた。

そうしようとするのではなかったが、つい自分の一生は？　などと想いを巡らすことに時を費やしてしまったりしていたが、そういう時には楽しい想いなどはなかなかに浮かぶこともなく、だからといって無理矢理に愉快を思ってみても、かえって沈み込むことの方が多かった。それでも幼い頃に詠んだ歌などを口ずさんでみると、その微笑ましさについ口がほころぶこともあった。

背立ちして　なお見えやらぬ　浜名橋

彼方の山よ　丈低くなれ

南渓和尚と井伊城のあるお城山へ登った時の歌であった。この歌は南北朝の頃、品宗良親王がこの井伊郷へ逃れられた時に詠われた、

夕暮れは　港もそこと　しらすげの
入り海かけて　霞む松原

という歌に対して、この井伊谷からは浜名の湖は見ることが出来ないのに、まるで見えたように詠まれたのは、親王様のお歌は嘘をつかれたに違いないと南渓和尚に詰め寄って、祐圓尼が異議を言い立てた時のものであった。南渓和尚は笑いながら、親王様はこのお城山からの景色を詠われたのではなく、もっともっと高いあの三岳山の頂にある三岳城から浜名の湖を眺められた時に詠われたものであることを言った。三岳城は井伊城の鬼門に聳える三岳山（四六七米）の頂にあり、戦時には井伊兵はこの山に立て籠もり敵を迎え撃った。この時の足利軍との戦いは負け戦であったという。思えば井伊家が戦った戦は、祐圓尼が知る限りでは、全てが負け戦ではなかったかしらと思った。山道を行けば無名の兵達の供養塔が眼に余り、半ば崩れた塚からは、時に皚々たる白骨がこぼれ散っている有様を見るに付け、乱世の不毛の時とはいえ、末世を映す六道繪の八大地獄変さながらの荒涼とした景色を哀しく思った。

いけない、いけないと祐圓尼は、想いが巡って悪しき方《かた》へと辿るのは、やはり心と身の弱りが深まって来ているからであろうことを思い、せめて童達が庭で遊んでくれてさえあれば、たとえその煩わしさに多少の疲れを覚えたとしても、一時の心の安心を持つことが出来るに違いないとその訪れを心待ちした。

そのような中で想いが万千代に及ぶと祐圓尼は、万千代が家康の側近くに仕えて、高天神あたりの合戦で衆に優れた手柄を立てていることを人伝に聞きもし、徳川譜代でもあらぬを他に抜きん出て重用されていることを聞くに付け、徳川家重代の家臣達からはあるいは妬心をもって眺められているやも知れぬ想いを抱いたりしていたが、万千代自身は平安の昔から遠江の地頭としての格式を張ってきた誇りがあることから、周囲からのそんな眼も意に介さぬであろうと思ってもいた。百貫文を振り出しに、一千貫文の高禄まで一足飛びの昇進をしたが、近頃の噂では、万千代は万石にまで出世したと言われていた。家康は万千代を単なる家臣とせず、井伊家の歴史と家柄を配慮しての取り立てであったろうが、他の譜代と比べても異例の出世であることに、祐圓尼は家康の配慮には感謝しつつも、早すぎる昇進には他を慮っていささかの心苦しさも抱いていた。

だが祐圓尼は、万千代が家康殿の覚えも目出度いと伝えられて来るたびに、三年前の徳川家を襲った不幸を思わぬわけにはいかなかった。あの時家康殿は血の涙を流して瀬名様と三郎殿の命を絶たれた。三郎殿亡きあと、万千代の出世が異例なほど早かったのは何故であろうかと不審を思ったこともあった。そして行き着いた結論は、もしや家康殿は万千代の中に三郎信康殿の面影を偲んでいるからではなかろうかということであった。あの時、三郎殿は二十一歳、万千代は十九歳であった。しかも今川家を仲立ちとした血のつながりがあった。祐圓尼が三郎殿の顔は見知らずとも、二人並べばいずれが松か橘かと、見まごうばかりの若武者であったに違いない。家康殿の心中には、三郎殿は失っても、その生まれ代わりを万千代の容《すがた》に求めていたのではなかろうか。いやそれに違いない。万千代の破格の出世は、家康殿の三郎殿への罪滅ぼしと、家康殿自身の心の癒やしになっているに違いない。そしてそれはいつの間にか祐圓尼の心中で確信となって揺るぎないものとなっていった。

それはしかし更に想いを深めれば、万千代の出世への嬉しさよりも、家康殿という一人の人間への哀しさとして、より重く祐圓尼の心の中を占めていた。侍といい武将といっても所詮は一人の人間であるなれば、喜びも悲しみもある筈である。それを己の中で押し殺さなければならぬ武士というものへの哀しさは、痛みを伴って祐圓尼の中に居座っていた。そのような痛みは祐圓尼自身もこれまで数えられぬほどに味わってても来た。そして家康殿が一人の人間として味わった哀しみは、祐圓尼にとってもまた他人事とは見過ごせない痛みとなってきていた。今、万千代が家康殿に引き立てられている噂を聞き、それは万千代が三郎殿の身代わりとなって家康殿の心の痛みを和らげる役に、多少でも立っているかも知れないことを思うと、それはまた祐圓尼の痛みをも少しなりとも和らげることにもつながっていることを知った。

一日、南渓和尚は祐圓尼を見舞った。この乱世を生き抜いてきた老南渓は、かっての恫喝を振るうこともなく、すっかりと好々爺の姿となり、背丈も縮まって丸みを帯びていた。祐圓尼が山採りして自耕庵の庭先に植えた松が、見目良い松になりましたなと褒め、そして今、世の中で起こっている噂話を語った。

この井の国で略奪無礼の数々を働いた武田家が、この年春、織田信長殿によって滅ぼされたこと。

織田殿は桶狭間に於いて祐圓尼の父親である直盛殿を討った人であること。

その織田殿が六月、明智日向殿によって討ち取られたこと。

行き先、目出度きことはあるまじきと言った言葉が的中したこと。

人が人を押しのけてよい思いをしようとすれば、次には己も押しのけられる。何時の世も修羅止むことなく、人は哀れにもそれを背負って生きねばならぬこと。

そしてかってこの井の国を攻めた武田家の家臣達が、なんと今は井伊万千代の家来となって、赤備えの鎧もあでやかに万千代の片腕となって働いていること。

その万千代が家康殿の分身となって縦横の働きをしていること。今は四万石の大名に取りたてられ、そして間もなく、万千代を改めて井伊直政を名乗ること。

などなどを語って祐圓尼を安心させた。

それまで南渓の一人語りを眼を閉じて聞いていた祐圓尼が、わずかに眼を開けてその眼を空に据えたまま口を開いた。

「ご老師、お願いがございます」

「何じゃ」

「子供達が山で捕らえたと言って折角に持って来てくれてここで飼っている目白達を、もう放してやってても子供達も許してくれるでしょう。鳥かごの戸口を開けてやっては下さいませぬか」

それを聞くと南渓は祐圓尼の顔に目を遣った。祐圓尼が小鳥を放生するということは、ある決意を示すことでもあり、それがどのようなものであるのか、祐圓尼の頰につたわる一筋の涙を見るまでもなく、南渓には充分過ぎるほどに分かっていた。遺言とも取れそうなその言葉を受けると南渓は、

「そうかそうか」

頷きながら、子供達が手作りしたらしい粗末な鳥かごを縁側にすえて、その戸を開け放った。目白は籠から首を出して何やら考えている素振りを見せてから一旦は籠の上に留まると、やがて大空へ向かって羽ばたいて行った。

「飛んでいったぞ」

南渓が鳥の軌跡を目で追いながら呟くと、祐圓尼もようやく安心の笑みを浮かべた。その頰に残る一筋の涙は、苦難の井伊家を背負って立った祐圓尼のこれまでを、はからずも示すばかりに、嬉しさも、悲しさも、口惜しさも、すべての色合いを秘めているように南渓には見えていた。

八、修羅の外《そと》へ

村人が龍潭寺の南渓のもとへ、祐圓尼の病があらたまったことを知らせて来た。老躯を駆った南渓が息切らせながら自耕庵へ馳せ、祐圓尼の枕元へ座った。村人や童達も声ひそめて周り

に寄った。これまで多くの人々を来世へ送ってきた南渓は、今、祐圓尼の顔が荘厳な面差しとなって来ていることから、その意識が最早この世へ戻ることはあるまいと認め、いよいよその時が近づいたことを知った。

南渓はこれまで祐圓尼に対してあまりにも多くの荷を背負わせて来たことへの呵責の念を抱いていた。ものごころ付くや付かぬの頃に、生涯の伴侶となるべき男との、もう人生の別離を味わわせ、うら若き身での出家を引き留めもせず南渓自らの手で祐圓尼の髪を切った。父親の戦死、想い人の生害、その遺児の養育、そして乱世にあっては絶えて聞くことも無かった女当主という重責、それらの一つ一つがたおやかな祐圓尼の生命を縮めて来たであろうことを思った。南渓は、祐圓尼の面差しを見、取り戻させることも出来ない歳月の重さを想い、今、自分の内に噴出させているそれへの呵責に自分自身が責められている想いであった。

南渓は祐圓尼の手を握りしめた。祐圓尼が微かに唇を動かし、言葉を発したように見えた。その唇の動きから南渓は、

「ありがとうございました」

と聞き取った。これほどの重荷を背負わせながらなおその言葉を言う祐圓尼の心根に、そのままその言葉を祐圓尼に捧げたい想いであった。

祐圓尼が微かな息の出入りを一つ大きく収めると、その息の引き取りを南渓は認めた。

「祐圓様は遠くへ旅立たれた」

祐圓尼の手を握りしめながら、南渓は集まった村人や童達に言った。老いた南渓が目頭を押

さえた。やがてそれは慟哭にかわった。枕元に寄った村人、童達がどっとばかりに泣き伏した。
祐圓尼はようやく乱世の修羅から解き放されて、風のように天寿国への階段を上っていった。

了

井伊次郎法師・直虎・祐圓尼

天文年間　生

天文年間　祖父直宗を失う

永禄三年　桶狭間で父直盛を失う

永禄五年　旧許婚者直親を失う

永禄六年　曾祖父直平を失う

永禄八年　井伊家当主となる

天正三年　甥直政が徳川家へ出仕により女城主としての役目を終える

天正十年　遠行

井の国龍潭寺、及び自耕庵に祀る

法名　妙雲院殿月泉祐圓禅定尼

後記

次郎法師直虎については残存資料はきわめて少ない。本書ではなるべく史実に沿って綴るように努めた。断片的な資料を繋ぎ合わせるため推理を飛躍させねばならないこともある。三十年にわたって次郎法師直虎と関わり、地元ならではのいろいろな新発見にも恵まれて、したがってそれまでの通説を逆転させなければならない場面もあり、それらをまとめたものが本書である。

谷　光洋（たに　こうよう）

浜松市出身、早大理工卒。早くより次郎法師・井伊直虎の研究を手掛け、数々の新発見をするなど、歴史の霧の中に埋もれていた直虎の顕彰に努めてきた。また画家として、挿絵画家中一弥師に師事し歴史時代小説の挿絵や、歴史人物、三社祭、神田祭、浜松まつり、歴史風景画などを版画として描いてきた。

井の国物語

戦国井伊家を支えた次郎法師直虎御一代記

2016年11月19日　初版発行

著　者　谷　光洋
発行者　中田典昭
発行所　東京図書出版
発売元　株式会社 リフレ出版
〒113-0021　東京都文京区本駒込 3-10-4
電話 (03)3823-9171　FAX 0120-41-8080
印　刷　株式会社 ブレイン

ISBN978-4-86641-010-4 C0093
Printed in Japan 2016

ご意見、ご感想をお寄せ下さい。

［宛先］〒113-0021　東京都文京区本駒込 3-10-4
東京図書出版